L'annonce

Anthony Chaumont

L'annonce

Roman

©2020, Anthony Chaumont

Édition : BoD – Books on Demand

12/14 rond-point des Champs-Élysées, 75008 Paris. Impression : BoD - Books on Demand, Norderstedt, Allemagne

ISBN : 9782322220762

Dépôt légal : Mai 2020

1

– Putain, mais dégage avec ton 4x4 !

Même mérités, Aurélien ne supportait pas les coups de klaxons lui étant destinés. En général, cela le rendait d'assez mauvaise humeur pour de bonnes heures.

Ce matin, à la bourre une fois de plus, il savait pertinemment que son retard ne passerait pas inaperçu. En se garant sur le parking du super marché, il remarqua presque aussitôt la voiture de son patron. Et, effectivement, dès les portes d'entrée passées, il fut accueilli par une réflexion bien appuyée son arrivée tardive, et sa panne de rasoir.

Il s'était toujours demandé quelle différence cela pouvait faire qu'un magasinier soit ou non rasé de prés. S'il avait été chef de rayon il aurait compris, mais ce n'était pas le cas. Visiblement, Monsieur Marchandot, lui, y voyait une distinction notable. Comme si une barbe de trois jours pouvait altérer ses capacités professionnelles, ou nuire à l'image de cette moyenne surface de province. Si la comparaison avec un lieu de culte pouvait être permise, ce magasin, à ce point banale, ne symbolisait pas un temple de la consommation, mais plus une quelconque chapelle du consumérisme.

La journée d'Aurélien commençait ainsi, entre coups de klaxons et coups de gueules, dans cet endroit qui ne faisait rêver que des ménagères en manque de lessive. Toutes les matinées du jeune homme ne se ressemblaient pas, mais cette situation se produisait parfois, et de plus en plus fréquemment ces derniers temps.

L'emploi d'Aurélien consistait à réapprovisionner les rayons en produits de toutes sortes. Les linéaires devaient être en permanence pleins, remplis au maximum. Obsessions majeure des patrons de super marché, obsédés par les trous, par le vide. Monsieur Marchandot n'échappait pas à la règle en veillant à respecter scrupuleusement ce dictat de la grande distribution, son fondement de base. Ne jamais manquer, toujours proposer. Donner envie au client, le séduire, lui en mettre plein la vue. L'aveugler en élevant des murs de produits pour qu'il ne se pose même plus la question de leur utilité, mais qu'ils consomment simplement, presque naturellement. Gaver les rayons pour qu'au final ce soit les caddies qui débordent.

Aurélien se comparait presque à un soldat de la consommation, celui que l'on envoie au feu. Un des derniers maillons de cette chaine consumériste.

Nombre de métiers semblaient bien plus stressants, bien plus rébarbatifs, mais tant d'autres aussi, à ses yeux, paraissaient tellement plus épanouissants. Pourtant, il n'avait jamais imaginé être acteur ou pilote de chasse, ne s'était jamais figuré une carrière qui aurait pu faire rêver le commun des mortels. Peut-être n'avait-il jamais rêvé à rien, à rien de grand. Cette place de magasinier lui avait été proposée par hasard à la fin de ses trop courtes études. Pas de grandes Universités pour lui, pas de grandes hésitations sur son avenir professionnel. Pas trop d'efforts finalement pour décrocher un tel emploi. Au départ ce fut pour Aurélien la solution la plus simple de gagner en autonomie. Il pensait à l'époque à son indépendance financière et matérielle, sans songer qu'un jour cette liberté se transformerait peu à peu en prison. Changer de métier aujourd'hui lui paraissait comme un défi insurmontable, un chalenge impossible.

Triste constat que de réaliser, qu'à l'âge de 28 ans, sa vie était déjà presque écrite. Naitre expulsé d'un trou, écouter ses profs au collège, au lycée pour remplir des pages blanches, boucher les trous de rayons trop éclairés, consommer à son tour pour occuper d'autres magasiniers, vieillir, se chier dessus et finalement finir jeté dans un ultime trou. La boucle était bouclée. Tout n'était qu'une histoire de trous, de vide.

« Putain de Vie » se disait Aurélien en jetant son mégot. Geste rituel qui mettait fin à ses trop courtes pauses.

Toute la journée, dans la réserve, les cartons succédaient aux cartons. Ils étaient tous différents mais finalement finissaient tous par se ressembler. Quand il ne distinguait plus les boites de pates des paquets de couches, il savait instinctivement que l'heure de quitter son poste arrivait à grands pas.

- À demain matin Aurélien, à l'heure et rasé, j'insiste!

dit sèchement Monsieur Marchandot en le croisant.

« Oui et je mettrais une cravate aussi » pensa Aurélien, mais les mots qui sortirent de sa bouche furent sensiblement différents.

Il ne lui fallait que quelques minutes de voiture pour regagner son domicile de Soulignac. Entre ville et village, ce coin presque perdu semblait hésiter. Ni beau, ni laid. Un lieu quelconque où Aurélien n'était pas né, mais qu'il connaissait depuis son plus jeune âge. Ses parents s'y étaient installés pour des raisons professionnelles il y avait maintenant un peu plus de 20 ans. Il ne s'y passait pas grand-chose. L'endroit était calme, serein, et tout aussi dénué de charme. Un centre ville avec quelques commerces, un super marché en périphérie, un stade de foot, une église. Pas de gare, pas de cinéma, pas de surprises.

Peu de souvenirs de sa petite enfance. Les premiers qui lui revenaient en tête ne se situaient pas ici, mais a Wellington, en Angleterre, sa ville natale. Il y avait grandi jusqu'à l'âge de se faire ses premiers copains, pour les quitter aussitôt en s'expatriant ici.

Ce déracinement avait été compliqué pour lui, mais l'enracinement dans ce coin paumé fut pire. Finalement, tout avait été difficile. L'école, les amis, la météo, la bouffe, tout.

Aujourd'hui Wellington semblait bien loin. Soulignac, par contre, il connaissait par cœur.

En passant devant le salon de coiffure qui l'embauchait, il aperçu Jessica. Il ne ralentit pas pour lui adresser un petit signe. Il savait qu'il la retrouverait le soir même. Aucun doute à avoir.

2

Comme chaque jour, Aurélien se gara facilement devant le bar-tabac du village. Trop de places de parking pour si peu de clients lui permettaient d'occuper presque toujours le même stationnement.

« 28 ans et déjà des habitudes de vieux » observa-t-il en poussant les portes de l'établissement.

- *Salut Aurélien, bonne journée? Tu veux la même chose qu'hier et que demain?*

lança Cédric de sa voix tonitruante.

- *J'hésite avec une bouteille de Champagne mais je ne suis pas convaincu que tu en aies au frais?*
- *Tu te trompes petit con, j'en ai toujours une au frigo, j'attends juste l'occasion qu'un de vous gagne cette putain de cagnotte pour la faire péter!*
- *T'inquiètes Cédric, ça va bien finir par arriver un jour qu'on finisse par toucher le gros lot, par contre, ne compte pas sur moi pour fêter ça ici!*
- *Tiens, ton demi petit. Pas trop lourds tes cartons aujourd'hui?*

Cédric n'attendit pas de réponse et Aurélien ne prit ni la peine ni le temps de lui en donner, son Smartphone venant d'afficher un nouveau message. Jessica lui écrivait qu'elle avait invité une amie pour le diner. A ce texto non plus il ne prit pas la peine de répondre. A quoi bon, ça ne changerait rien. Il savait qu'il allait passer la plus grande partie de sa soirée seul. Les discussions de coiffeuses, il les connaissait par cœur. Il s'éclipserait dès le premier verre terminé et les filles ne remarqueraient même pas sa fuite.

Ni lui, ni Jessica ne prépareraient à diner pour ce genre d'occasion. Un simple apéritif autour de leur table basse faisait l'affaire.

C'était au lycée que les jeunes gens s'étaient rencontrés. Ils devaient avoir dans les seize ou dix-sept ans.

Coup de foudre n'était pas l'expression appropriée pour qualifier leur rencontre. Une amourette ayant fini par durer convenait mieux. Une sorte d'habitude de l'un pour l'autre. Une relation stable, sans vraiment d'histoires mais sans véritable passion. Un vieux couple de jeunes.

Depuis plusieurs mois, Jessica souhaitait un enfant. Elle pensait que le moment était venu. Elle en parlait de plus en plus souvent. Aurélien, lui, se débrouillait toujours pour contourner le sujet, le repousser, le remettre à plus tard. Il ne se sentait pas prêt, ni maintenant, ni bientôt. En tout cas pas dans ces conditions, ou plus certainement, pas avec elle.

Leur petite maison ne suffisait pas pour accueillir un nouveau né. Leur vie aussi était trop exiguë. Manque de place à tous les niveaux. Non, vraiment, Aurélien n'y tenait pas. Présageant qu'au fond de lui il n'aimait pas assez pour être papa. Ses motifs, il le savait, ne servaient qu'à masquer son manque d'amour futur, ou son appréhension à l'idée que Jessica ne soit pas la bonne mère de son futur enfant.

Il se questionnait aussi sur les motivations réelles de Jessica, se demandant si elle ne souhaitait pas un bébé comme d'autres désiraient un nouveau sac à main. Un enfant afin d'exhiber une poussette flambant neuve devant les copines. Un enfant comme un prétexte.

Pour Aurélien, à cet instant et après ces pensées, regagner son domicile n'était pas franchement une réjouissance.

- Hé Cédric, tu m'en remets un dernier pour la route ?
- Et un demi pour la douze ! Tu veux une petite grille avec ça, histoire de me laisser une chance de dé bouchonner cette putain de bouteille de Champ' ?
- Non Cédric, tu connais le dicton ! Heureux au jeu, malheureux en amour, laisse tomber.
- C'est l'inverse qu'on dit petit con, et d'où t'es heureux en amour toi ?

Aurélien paya ses consommations et en profita malgré tout pour jouer une grille de loto. Il le fit sans conviction. Cédric lui avait presque ordonné de miser sans vraiment lui laisser le choix, lui expliquant que ce soir là cagnotte était exceptionnelle. Plusieurs dizaines de millions à gagner. Une somme record qui pouvait convaincre les plus septiques de lâcher quelques pièces en échange d'un rêve de gain éphémère.

En entrant dans sa voiture, Aurélien jeta un coup d'œil aux numéros choisit aléatoirement par l'ordinateur. Il comprit vite que ses chances d'aligner la bonne combinaison semblaient plus que réduites, pour ne pas dire nulles. Immédiatement il se ravisa. La probabilité de gagner était la même, quelque soit les chiffres.

La route qu'il empruntait pour rejoindre son domicile ne changeait jamais. Invariablement. Il aurait aimé parfois en suivre d'autres mais, malheureusement, il n'en existait qu'une seule.

Elle passait devant le domicile de ses parents. Une maison de style dans les années quatre-vingt, mais qui, aujourd'hui, dû à son mauvais entretien, avait perdue de sa superbe.

Sa mère y vivait seule depuis la disparition de son père. Elle n'avait plus l'envie ni la force de préserver son habitation des ravages du temps. Les peintures délavées de la façade faisaient écho au portail trop rouillé. Seul le jardin demeurait présentable. Bien entretenu, vert, fleuri. Le jardinage était le passe temps favori de Christiane. Au moindre rayon de soleil on pouvait l'apercevoir au dehors s'afférer, un sécateur à la main. Une passion si prenante que son extérieur ne lui suffisait plu. Elle entretenait aussi celui de son fils. Aurélien ne protestait pas, ne disait rien, même s'il trouvait cela ridicule vue la taille ridicule de son jardin. Il savait qu'elle en retirait un certain plaisir et ne voulait pas l'en priver.

Avant la disparition de son époux, Christiane était une femme pleine de joie, pleine de vie. Même si elle était restée coquète, sa gaité avait fait place à une tristesse profonde. Une tristesse ancrée. Elle semblait comme vide aujourd'hui. Son existence n'était pas malheureuse, simplement creuse. Désormais seule, Oscar, son chien, demeurait son unique compagnon quotidien. Cette vie morne était une des raisons qui avait poussé Aurélien à vivre à seulement deux cent cinquante mètres de sa mère. Un choix qu'il s'était imposé pour elle et non pour lui. Devenus voisins comme on devenait gardien, veillant l'un sur l'autre, chacun restait persuadé d'être le protecteur de l'autre.

Cote à cote, ainsi vivaient un grand nombre de Familles à Soulignac. Les uns aux cotés des autres. Parents et enfants, frères et sœurs, pour la grande majorité, tous étaient voisins. Quand ils n'étaient pas de la même famille, immanquablement dans un village de cette taille, tout le monde connaissait tout le monde. Un état de fait qui faisait le charme de ces coins de campagne. Situation rassurante pour la plus part, affolante et angoissante pour Aurélien.

Impossible de passer inaperçu dans un tel endroit. Impossible de cacher une relation extraconjugale. Impossible de gagner au loto sans que personne ne l'apprenne. Impossible de devenir quelqu'un d'important ou de connu. Aucun autochtone n'avait jamais marqué l'histoire. Aucune vedette n'y était née ou même décédée. Aucune célébrité n'avait jamais cité le nom de Soulignac. Impossible d'en partir. Se contenter d'y survivre.

Aurélien en était persuadé, il vivait dans un trou perdu.

3

Lorsque Jessica rentra à leur domicile, elle trouva Aurélien la tête dans le placard de la cuisine. Toute la pièce semblait avoir fait l'objet d'une chasse aux trésors. Et quels trésors !

- *Salut Jess, j'ai mis la main sur des olives, des petites saucisses, du mais, des ...*
- *C'est bon Aurel, je me suis arrêté prendre de quoi faire un petit apéro sympa. Je tai envoyé un texto pour te prévenir, tu ne las pas vu ?*

Aurélien comprit le sens de cette dernière phrase. Réitérer sa chasse, mais à l'envers ce coup ci. Une grimace se dessina sur son visage. Ranger, il détestait. Il avait horreur de tout ce qui lui rappelait son boulot. Boucher ses putains de trous. L'impression désagréable de faire des heures supplémentaires et gratuitement en prime.

A peine arrivée et comme a son habitude, Jessica se mit à raconter sa journée tout en déballant son sac de courses. L'exercice prenait la forme d'un récit ininterrompu et extrêmement détaillé des personnes qu'elle avait vues, des histoires plus ou moins intimes entendues, des derniers ragots et autres scoop du village. Elle était au courant de tout et aimait que cela se sache. Jessica prenait un plaisir incroyable à faire partager ses dernières « nouvelles » à son entourage le plus proche. Elle l'avait appris, il fallait donc qu'elle le répète, comme si une patate chaude lui brulait les mains. Pour Aurélien, c'était un vrai supplice. Depuis des années il était le principal témoin des récits de sa compagne avec ce sentiment qu'elle tournait en boucle. Comme un disque rayé. C'était presque toujours les mêmes personnages, les mêmes histoires et bien sur il n'y avait jamais d'intrigue digne de ce nom. Madame Machin avait dit tel et tel chose sur Monsieur Truc qui le tenait de Bla Bla Bla Bla ... et Monsieur Chose Bla Bla bla ...

Avec le temps, Aurélien avait inconsciemment développé une technique de défense. Ses oreilles semblaient ne plus vouloir écouter, ou alors de manière distraite. Il percevait des sons confus, quelques noms plus ou moins familiers, mais il n'avait aucune idée du sens général.

Parfois, il se demandait si les prêtres possédaient cette même faculté dans le confessionnal. Si, comme lui, ils feignaient d'écouter en se fendant, de temps en temps, de quelques onomatopées, histoire de signaler leur présence au paroissien, ou de lutter simplement contre le sommeil.

Aurélien finit par remettre la main sur son portable, et constata, en effet, que Jessica lui avait envoyé un message pour le prévenir. Il découvrit également qu'il en avait reçu un second. Et celui-ci était beaucoup plus étrange. Provenant d'un numéro masqué, il ne contenait que ces quelques mots :

« Nous sommes très intéressés par votre annonce ».

Aurélien ne comprenait pas.

Il n'avait pas passé d'annonce.

Il ne pouvait s'agir que d'une erreur. Mais quel intérêt d'envoyer un message en numéro masqué pour contacter l'auteur d'une petit annonce ? Il était impossible pour le destinataire de pouvoir y répondre.

Message aussi court qu'étrange.

Téléphone dans la main, il leva les yeux vers Jessica et réalisa qu'il ne l'entendait plus du tout. Il voyait seulement ses lèvres bouger, ce qui signifiait que, visiblement, elle avait encore des choses à dire, à lui dire. L'image mais sans le son.

S'il lui fallait des preuves que leur couple bâtait de l'aile, c'était bien dans ces moments qu'il pouvait en trouver. Aurélien, tout comme Jessica, le savaient bien. Ils n'en avaient jamais ouvertement parlé, mais l'ennui et la lassitude s'étaient installés. Ils ne partageaient plus grand-chose. Quelques soirées entre amis. Mais ils en avaient peu. Quelques ballades. Mais elles étaient rares. Pas de grand voyage. Pas de grandes idées. Aucunes passions communes. Rien qui, finalement, faisait de leur couple une union forte et solide.

- *Ho! Tu réponds? Qu'est ce qu'il t'arrive Aurel, t'es bloqué sur mon texto?*
- *Bloqué sur ton texto? N'importe quoi. Juste un autre message, une erreur, il n'est pas pour moi.*
- *Super. Passionnant! Donc je te disais que Magalie arrive vers vingt heures et que si tu veux allez prendre une douche c'est maintenant! Tu m'écoutes ça fait peur!*
- *Oui, moi aussi je t'aime, et moi aussi j'ai passé une journée de merde, comme tu me poses la question ...*
- *Aurélien, tu passes toujours une journée de merde ces derniers temps. Pourquoi te poser la question? Change de disque ou mieux, change de vie!*

A cette dernière phrase, Aurélien se figea. Raide comme une statue. Le regard vide, les yeux écarquillés.

- *Ce coup ci tu as vu un mort! Tu es tout blanc ... ça va Aurel?*
- *Je ... oui ça va, ça va ... juste je pensais à un truc du boulot. Je, je vais aller prendre une douche, je ne me sens pas au top de ma forme ce soir.*

L'escalier menant à l'étage de leur maison semblait plus long que d'habitude. Ses jambes plus lourdes. Arrivé dans la salle de bain, Aurélien s'enferma à clef et se déshabilla. Il ne comprenait plus rien. Pourquoi s'enfermer ? Il ne le faisait jamais. Face au miroir de l'évier, il contempla longuement son reflet. Il n'arrivait plus à bouger. Effectivement, il était blanc. Il se regarda droit dans les yeux, cramponné au meuble, parcouru de frissons. Cette chair de poule n'avait pourtant rien à voir avec le froid.

« C'est une erreur, c'est forcement une erreur. Il n'y a pas d'autres explications possibles. Il ne peut pas y en avoir d'autres. Ce texto n'était pas pour moi, impossible. Aucune chance qu'il ne concerne mon annonce. Absolument aucune. » Pensa-t-il.

La douche sous laquelle il resta un long moment lui fit le plus grand bien. Il avait toujours aimé l'eau très chaude, quasi brulante, même en plein été. Il ressentait une impression de purification, comme s'il était lavé de toutes ses angoisses. Il n'en sortit que lorsque la buée fut assez épaisse pour l'envelopper complètement.

Face au miroir, ce coup-ci, il avait retrouvé ses couleurs.

« Une erreur » se dit-il comme pour se rassurer une dernière fois. Une simple erreur.

Aujourd'hui encore, sa douche avait rempli sa fonction apaisante.

Aurélien se rhabilla en prenant soin de changer de vêtements. L'odeur du linge propre finit de le détendre. Enfin serein, il descendit rejoindre Jessica. Ils se croisèrent dans l'escalier, sans un mot, et il l'entendit vaguement pester en entrant dans la pièce qu'il venait de quitter. Il en connaissait la raison. Trop de buée, trop d'eau sur le sol, trop de chaleur.

Dans la cuisine, il prit une bière du frigo, ses cigarettes sur la table et sortit dans le petit jardin qui faisait face à leur entrée. Il adorait ce moment et tout ce qui l'accompagnait. La fraicheur du goulot sur ses lèvres, le bruit du briquet, la flamme qui en sortait, la première bouffée.

La nuit tombait doucement dans un ciel sans nuages. Ça et la, quelques oiseaux voltigeant animaient la scène. Le printemps touchant à sa fin, l'air était presque moite.

Assis sur un vieux banc en pierre, Aurélien sortit son téléphone de sa poche pour supprimer le mystérieux texto. Il le relut une dernière fois et l'effaça d'un simple mouvement du doigt.

Comment avait-il pu douter qu'il ne pouvait s'agir d'autre chose que d'une erreur ? Qui aurait pu répondre à l'annonce qu'il avait passé il y a plusieurs semaines ? Personne ! Et ce pour une simple et bonne raison, elle n'était jamais parue. Rejetée trois fois pour des motifs futiles, il n'y avait aucune chance que qui que ce soit eut pu la consulter. Les censeurs des sites de petites annonces avaient parfaitement joué leur rôle.

Non valide. Hors de propos. Merci et au revoir.

Un sourire parcouru son visage à l'idée que sa naïveté lui avait encore joué des tours. Il se souvint pourtant que sur le moment, il avait assez mal pris ces refus de publication. Rien de plus simple et ordinaire finalement que de passer une annonce, même si, cependant, la sienne n'avait rien de banal. Ces rejets l'avaient profondément vexé. Son application à la rédiger, en français et en anglais, « au cas où », tous ses efforts de forme n'y avaient rien fait. Plus que cela, sur le fond, il y avait mis toute sa motivation, tout son sérieux, toute sa sincérité et tout son courage. Et du courage, il en fallait pour oser passer une telle annonce. Il avait été le plus honnête possible. Le plus clair aussi. Il savait que la majorité des lecteurs le prendrait à la rigolade, n'y voyant qu'une mauvaise blague.

Son seul espoir était qu'une seule personne le prenne vraiment au sérieux. Il n'en fallait qu'une.

Cette annonce, son annonce, c'était sa bouteille à la mer.

- *Sinon tu comptes m'aider un jour Aurel? Ou je m'occupe de tout, toute seule? Mag arrive dans vingt minutes!*

4

Le phare du scooter de Magalie illuminât le salon quand celle-ci se gara, trouvant judicieux d'ajouter un coup de klaxon pour signaler son arrivée. Comme si le bruit de moteur ne suffisait pas. La discrétion n'était pas le fort de cette trentenaire extravertie. Native de Soulignac, c'était la meilleure et la plus ancienne amie de Jessica. Toutes les deux avaient fréquenté les mêmes écoles, fait les mêmes conneries, partagés les mêmes secrets et parfois les mêmes mecs. Des parcours de vie en miroir. Elles se connaissaient par cœur et ne se cachaient rien, se disaient tout. Chacune voyait en l'autre la sœur qu'elle n'avait pas eue. Ce n'est qu'au moment de leur apprentissage que leurs chemins se séparèrent. Pour la première fois, leurs choix furent différents. Coiffure pour l'une, Esthétique pour l'autre. Le destin se chargea de les réunir à nouveau quand Magalie ouvrit son propre cabinet d'esthéticienne juste en face du salon « AirCut » où travaillait Jessica. Cote à cote depuis toujours, face à face aujourd'hui.

- *Hey, salut ma chérie, pose ton casque, tu veux une bière ou un truc plus fort ?*
- *Salut ma belle, une bière c'est parfait, ou alors un mojito si tu as un barman qui le maitrise. Salut Aurel, je ne t'ai pas vu aujourd'hui pour ton épilation du sillon fessier ?*
- *Salut Mag. T'as encore avalé un clown toi ? Tu vas me la faire à chaque fois celle la ? Pour le mojito c'est mort !*

Aurélien sortit une bière du frigo et la tendit à Magalie en l'embrassant. Il ne put s'empêcher, du coin de l'œil, de la détailler de la tête aux pieds. Talons hauts, bas résille, mini jupe, chemise moulante au décolleté plongeant, blouson en cuir ... pas vraiment un look sage. Une jolie fille qui le savait et en jouait, assumant parfaitement ses tenues provocantes. Il fallait qu'on la remarque et c'était souvent le cas. Toujours soignée, les ongles manucurés, le maquillage parfait, elle aurait pu renvoyer une image de femme facile, une caricature de vulgarité. Pourtant il n'en était rien. Magalie dégageait une sensualité naturelle. Il émanait d'elle une beauté presque enivrante. Même si beaucoup se retournaient à son passage, elle n'abusait jamais de ses charmes. Ce n'était pas une croqueuse d'homme. Célibataire, elle comptait bien le rester encore quelques temps, préférant sa situation actuelle à une médiocre vie de couple.

En dépit du fait qu'Aurélien la trouvait à son gout, il la connaissait depuis trop longtemps et trop bien pour s'autoriser toute pensée d'un quelconque désir sexuel.

Magalie se laissa tomber sur le canapé face à la table basse ou étaient déjà disposés quelques biscuits apéritifs.

- *Je ne sais pas vous mais moi je suis crevée ! Et puis cette pleine lune ! Elle n'aide pas à bien dormir. C'est fou l'effet qu'elle produit sur moi. Heu, dis-moi Aurel, tu veux mes yeux ?*

En tirant sur sa jupe, elle se mit à rigoler et farfouilla dans son sac à la recherche de ses cigarettes.

Assis face à elle, Aurélien, surpris et un peu gêné par sa remarque, se leva pour attraper un cendrier.

A son tour, Jessica arriva, un bol de chips dans chaque main. Elle préférait ce genre de formule pour recevoir. Attablés aurait fait trop sérieux, trop formel. Le mariage canapé table basse était selon elle la réussite d'une soirée réussie.

Non fumeuse, l'odeur ni même la fumée de cigarette ne la gênait. Par commodité elle s'installa sur un pouf face à son amie, laissant Aurélien s'enfoncer dans le canapé. Chacun sa place.

Les filles se mirent à parler des dernières « actualités mondaines» du village. Chacune donnait à l'autre sa version sur telle et telle histoire entendue dans la journée. Certains détails ne correspondant pas, elles finissaient toujours par fabriquer une version commune afin que le récit gagne en cohérence. Aurélien trouvait cet exercice fascinant. Elles arrivaient mutuellement à se persuader de la véracité de leurs propos. Il était capital pour elles que l'histoire soit la même de chaque coté de la rue.

Pour Aurélien, ce devait être l'ennui qui les poussait à tant d'imagination. Ce même ennui qui, excepté peut-être les nouveaux nés, touchait toutes les générations de Soulignac. Cet ennui qui poussait certains à publier de petites annonces improbables.

Les deux amies, trop occupées à essayer de comprendre pourquoi Madame Fleuri avait mis sa maison en vente, se préoccupaient peu du ravitaillement en cacahouètes. Contrairement à elles, Aurélien avait faim. Il se leva pour leur préparer une de ses grandes spécialités, le pop corn salé.

Debout dans la cuisine, face au micro onde, les entendant rire dans la pièce voisine, il se concentrait sur le bruit qui émanait du four à micro ondes. Il adorait le crépitement du maïs qui commençait à exploser et savait que, quand il cessait, le « plat » était prêt.

- Des pop-corn, j'adore! Merci Aurel. Sinon ça va toi? Jess me disait que ce n'était pas la grande forme en ce moment.

- C'est de moins en moins la grande forme. Certainement la lune noire comme tu disais, mais j'en ai de plus en plus ras le bol de tout.

- Il y a des périodes comme ça mais elles ne durent jamais. Tout finit par passer Aurélien. Tiens, au fait, tu sais qui j'ai épilé aujourd'hui ? Devine.

- Carlos, le chanteur ?

- C'est amusant ça ! Mais non il est mort, tu ne le savais pas ? J'espère que je n'ai pas gaffé ! Pas trop triste ?

- Le coup est un peu dur mais je vais men remettre je crois. Donc, tu as torturé qui ?

- Madame Marchandot, la femme de ton boss. Elle a le poil rebelle, c'est incroyable, pourtant elle n'est pas si jeune mais ...

- L'info est incroyable Jessica. Il faut absolument que j'en parle à mon Patron demain !

- En tout cas elle a reçu un coup de téléphone de son mari devant moi et ça a eu l'air de l'inquiéter. Elle tirait une de ses gueules en raccrochant.

- C'est peut-être toujours comme ça entre eux, il est tellement sympa !

- Non, je crois qu'il y a une histoire d'inspection, si j'ai bien cru comprendre, un des grands patrons doit venir dans deux jours, il descend de Paris exprès pour un truc.

- Putain, ça va être sympa l'ambiance ! Il n'a pas fini de nous mettre la pression. Autant te dire que j'ai plutôt intérêt à me raser demain matin !

Magalie semblait assez fière de son coup, avec, pour une fois, une information qui concernait directement son ami. C'était tellement rare. Même si elle n'avait absolument pas compris le motif de l'appel, vu le visage décomposé de Madame Marchandot, elle en avait déduit que quelqu'un de très haut placé allait faire le déplacement pour un motif tout aussi important. Un grand Directeur pour une inspection dans les règles de l'art. Cette version lui plaisait assez. Aucune idée du qui, ni du pourquoi, mais, selon elle, il n'y avait pas d'autres hypothèses plus crédibles. Un sourire de satisfaction sur les lèvres, elle s'alluma une cigarette et se tourna vers Jessica pour évoquer ses derniers achats vestimentaires.

Aurélien, songeur, se demanda quelles données Magalie avait volontairement exagérées ou inventées. Une inspection par un directeur parisien pouvait se produire, mais dans ce cas toutes les équipes étaient prévenues plusieurs jours à l' avance. Il se souvint avoir croisé Monsieur Marchandot juste avant de quitter son poste. Il est vrai qu'il avait l'air plus contrarié que d'habitude. Comme inquiet. La pleine lune? Le fait de savoir l'intimité de son épouse entre les mains encore peu inexpérimentée d'une jeune esthéticienne? L'appréhension d'une inspection?

Aurélien fut tiré des ses pensées par le « bip » aigu d'un des téléphones portables.

Ce signal provoquait presque toujours la même réaction. Alarme universel de cette génération de pré-adultes. A chaque fois qu'il retentissait, tous se figeaient et se précipitaient sur leur Smartphone afin de vérifier si ce fameux tintement leur était destiné. Sonnerie discrète annonciatrice d'un nouveau message. Alerte rassurante prouvant que sa vie sociale n'était pas qu'une illusion.

Les filles furent presque déçues quand elles réalisèrent que c'était Aurélien le destinataire.

- *Encore une erreur ton texto ?*

- *Hum, heu, non. Juste, juste de, de la pub. Bon, les filles, désolé mais je monte me coucher, je ne suis vraiment pas bien ce soir. Je ne vous fais pas la bise j'ai peur de vous contaminer. Bonne fin de soirée.*

- *Bonne nuit Aurel, j'espère que tu iras mieux demain, c'est vrai que tu es tout blanc.*

- *Prends un cachet chéri avant de te coucher, tu n'as vraiment pas l'air bien. Je te rejoins plus tard.*

Téléphone en main, Aurélien s'extirpa péniblement du canapé. Comme assommé, il essayait malgré tout de faire bonne figure. Ne rien laisser paraitre, simuler un coup de fatigue, autant d'artifices qui devenaient à cet instant ses priorités. Parcouru de sueur froide, elles n'avaient pourtant aucun rapport avec son état de santé. Il n'était pas malade et il le savait. Non, il y avait autre chose qui le touchait à ce point. Une sorte de peur mêlée à une étrange excitation.

Enfin arrivé dans sa chambre, la main tremblante, il relu le message qu'il n'avait fait qu'entrevoir devant les filles. Quelques mots d'un expéditeur anonyme disant simplement :

« Aurélien, concernant votre annonce, nous aimerions vous faire une offre sérieuse. Nous vous rendrons visite demain, à votre domicile, à 16h30 précise. »

5

Pour centaines personnes, la nuit n'était qu'un moment, un espace temps. Pour d'autres, elle semblait devenir un lieu. L'endroit où les questions, les doutes, les peurs, s'invitaient. Comme si ces maux s'y donnaient rendez-vous. Une sorte de café du commerce des préoccupations. Toutes présentes, invoquées par un inconscient agité. Se parlant, communiquant entre elles, se motivant ensemble, finissant par former une joyeuse ronde, un beau bal de merde.

Aucun doute pour Aurélien, ce soir il ne trouverait pas le sommeil. Inutile pour lui dans ce cas de lutter contre tant de questions qui commençaient à se mettre à tourner dans son cerveau. Cette nuit qui s'offrait, il devait l'employer à essayer de comprendre. Résoudre le mystère. Tenter de découvrir par quel moyen quiconque ait pu connaitre autant de détails sur sa personne. Son numéro de téléphone, son adresse, jusqu'à son emploi du temps. Et, le plus incroyable, le contenu de son annonce.

Avec la discrétion d'une majorette en plein défilé, Jessica venait d'entrer dans la chambre. Retirant ses talons, elle se coucha doucement contre Aurélien. Il ne répondit pas à la question qu'elle posa à voix basse. Simulant un profond sommeil, il n'avait aucune envie de prononcer le moindre mot. Il n'en aurait de toute façon pas été capable, trop perturbé par son monologue intérieur. Il savait que dans moins de dix minutes elle dormirait. Il n'avait qu'à se concentrer sur sa respiration, sur son ronflement presque imperceptible. Il la connaissait si bien qu'il aurait presque pu lancer un compte à rebours sans se tromper de beaucoup quant au moment ou elle plongerait. Il savait aussi à quel point son sommeil était lourd. Même les puissants orages n'avaient raison de ses nuits.

Après quelques minutes, ne souhaitant pas prendre le moindre risque de la réveiller, évitant tout bruit, il se leva lentement, presque au ralenti, pour quitter la pièce.

A pas de velours, il descendit l'escalier en compagnie d'une curieuse impression de culpabilité.

Le séjour était plongé dans une quasi obscurité quand il y entra. Le store de la baie vitrée n'étant jamais baissé, seule la pleine lune apportait un peu de luminosité. Le parfum des filles, mélangé à l'odeur du tabac froid, flottaient encore dans la pièce. Cette ambiance lui convenait parfaitement. Décor idéal pour ce qu'il avait à accomplir.

Assis sur le bord du canapé, il se saisit du briquet pour s'allumer une cigarette. Bouffée de nicotine salvatrice. Enfin, il allait pouvoir réfléchir à la situation. Se calmer et tout reprendre minutieusement. Tout mettre à plat pour essayer de trouver les réponses à ses nombreuses interrogations.

Persuadé de rien, il ne pouvait cependant nier certaines évidences.

En premier lieu, il avait bel et bien essayé de publier une annonce sur internet. A sa grande déception, cette dernière avait été rejetée à plusieurs reprises, à plusieurs semaines d'intervalle et sur différents sites. Sa bouteille à la mer des temps modernes attendait désespérément sur le sable. Pas assez crédible pour prendre le large.

Affecté par ces refus répétés, il restait pourtant persuadé qu'un jour son opération finirait par fonctionner. Ce moment était peut-être arrivé, mais par quel miracle?

L'autre point qui ne faisait aucun doute, c'était qu'il ne pouvait être victime d'une mauvaise plaisanterie. Son projet n'était connu que de lui seul. Aucun de ses proches n'aurait pu comprendre. Personne n'aurait pu cautionner une telle démarche. Pire encore, Aurélien restait convaincu que certains se seraient même inquiétés pour sa santé mentale.

Et pour cause, comment justifier une telle folie?

Cette idée pourtant, il y avait réfléchi depuis des années. Peut-être même depuis toujours. Il ne se souvenait plus exactement quand tout cela avait commencé à germer dans son esprit.

La disparition de son père avait dû jouer le rôle de déclencheur, ou tout au moins d'accélérateur.

Ce père qu'il avait trop peu connu, mais assez aimé pour le regretter encore aujourd'hui. Prénommé Armand, il occupait un poste d'ingénieur dans une grosse entreprise de bâtiment. Un poids lourd de la construction. A l'époque, il avait été affecté à l'édification d'un viaduc dans la région de Soulignac. Cette promotion fut pour lui l'occasion de revenir en France. Le projet était d'importance et les responsabilités du père de famille en conséquence. Cette réalisation faisait la fierté de tous. Des équipes du chantier jusqu'aux habitants de Soulignac et des villages voisins.

Aurélien l'accompagnait de temps en temps au pied de l'édifice inachevé. Il se souvenait des grues gigantesques, du bruit des marteaux piqueurs, des odeurs de béton encore frais. Une telle réalisation, dans ses yeux d'enfant, lui semblait impossible à accomplir. Comment des hommes, même en si grand nombre et avec d'aussi imposantes machines pouvaient construire un tel ouvrage se questionnait-il à l'époque. Pour Aurélien, la réponse était forcement mystique, ou alors son père était doté de super pouvoirs. Deux réponses enfantines.

Il n'avait que dix ans lorsque sa mère lui apprit la terrible nouvelle. Ce jour la, il comprit que son papa n'était pas un super héros, ni même un dieu. Il ne faisait pas partie de ceux qui ne meurent jamais.

« Papa ne reviendra plus jamais du travail mon chéri. »

Evidement elle ne lui avait jamais annoncé cela de la sorte. C'est pourtant cette phrase qui raisonnait dans sa mémoire. Avec le temps, ces mots si froids finirent par remplacer des paroles moins maladroites, plus protectrices, prononcées à l'époque.

« Putains de souvenirs », jurait-il en y repensant.

Il lui fallait malgré tout grandir avec eux, se construire en leur compagnie. Certains s'effaçaient petits à petits. D'autres plus coriaces restaient encrés profondément, mais tous finissaient par se déformer, comme les cicatrices finissaient par se refermer, inexorablement, mais pas toujours complètement.

Certains se fabriquaient seuls. Ils allaient, venaient, disparaissaient pour parfois ressurgir sans raison apparente. Personne ne les maitrisait vraiment.

« Putains de souvenirs »

Pour Aurélien, et malgré son jeune âge, fabriquer ses propres traces du passé semblait presque une obsession. Il en était parfaitement conscient. Il n'en construirait jamais d'exceptionnels avec une vie banale. Son existence si plate ne pouvait rien engendrer d'incroyable. C'était cette fatalité, ce sombre bilan, qui avait encouragé sa démarche. L'avait nourrit.

Le constat était simple. Il le savait. Les héros ne devaient leur titre qu'à l'existence de lâches, tout comme des milliards de pauvres permettaient à une poignée d'être richissimes.

Sans être malheureuse, l'existence d'Aurélien n'était simplement pas heureuse, nuance.

Tout était une question d'avenir. Le sien, il le voyait arriver gros comme une maison. Emploi inintéressant payé 950 euros, mariage, divorce, retraite, cancer, cimetière. Et entre les virgules si peu de moments vraiment exceptionnels, bons ou mauvais.

« Putain de souvenirs »

Lesquels allait-il se fabriquer dans ces conditions ? Etais-ce cela la vie ? Sa vie ? Elle demeurait pourtant le quotidien de milliards de personnes qui s'en contentaient parfaitement. D'autres, bien plus nombreux, devaient se battre quotidiennement dans des conditions beaucoup plus difficiles. A cette idée, il éprouvait une véritable culpabilité, même si elle ne supplantait pas la détestation de son destin actuel.

Son avenir lui apparaissait fade. Trop tracé. Trop prévisible. Il n'en voulait pas. Dénué de tous talents exceptionnels, moyen en tout, il savait que sa destinée n'était pas liée à ses capacités. Seule une guerre ou une révolution présentaient l'étrange vertu de tout remettre à plat. Plus de riches, plus de pauvres, tous semblables face à la folie des hommes, courageux ou peureux. Des héros ou des salauds. De telles périodes impliquaient de faire des choix décisifs.

Combien de puissants basculaient dans le dénouement total ?

Combien d'anonymes devenaient quelqu'un ?

Combien de temps, d'une existence plate pour Aurélien avant qu'une telle situation ne se produise ?

Selon lui, changer le cours des événements pouvait pourtant s'envisager. Sans compter sur le chaos mondial ni même sur ses capacités, Aurélien avait imaginé un autre moyen pour changer l'inéluctable chemin que prenait son existence.

La solution, sa solution, comme une porte de sortie, il n'avait cessé de la murir dans son esprit.

Conscient de l'infime probabilité qu'une telle tentative aboutisse, infime ne voulant pas dire nulle, il prit la décision de passer à l'acte en publiant une petit annonce.

Mais cette nuit, à cet instant, Aurélien commença à entrevoir la portée de cet acte et de ses conséquences. Le fantasme s'éloignait pour faire place à une incroyable réalité.

Seul dans la pénombre, ignorant l'heure et le nombre de cigarettes fumées, il réalisa, sans comprendre comment, que son but était atteint.

S'il avait été croyant, il aurait certainement crié au miracle. Agnostique, il devait admettre que quelque chose d'incompréhensible s'était pourtant produit.

Quelqu'un avait lu son annonce fantôme et y répondait aujourd'hui. Il n'était pas fou. Sa seule folie avait été d'y croire jusqu'au bout en rédigeant méticuleusement ces quelques lignes :

« Parce que ma vie est d'une telle monotonie, que je la vends à qui voudra la faire dérailler. Vous qui lisez ces mots, stoppez ce train qui file tout droit vers la banalité et mon âme est à vous. A vous de comprendre, a votre tour d'oser ... »

6

Face au miroir de la salle de bain, Aurélien prenait soin de se raser le plus délicatement possible. La lame glissait doucement sur sa peau. Il s'appliquait à ne pas se couper. Il détestait ça et savait que stopper l'hémorragie d'une micro plaie constituait un exercice difficile, surtout de si bonne heure et avec si peu de sommeil à son actif. La nuit avait été courte mais il ne doutait pas que la journée serait en revanche particulièrement longue. Ses réflexions nocturnes ne lui avaient apportées que très peu de réponses. Son analyse de la situation ne le menait nulle part. Il savait cependant que bientôt la lumière serait faite sur ces mystères. Ce n'était plus qu'une question de temps avant d'être enfin fixé. L'inquiétude avait fait place à la curiosité. Une incroyable curiosité. Semblable au soir de noël quand, enfant, il se demandait ce qu'il trouverait aux pieds du sapin. Aujourd'hui, son interrogation était bien différente mais la tension nerveuse restait la même. Qui se présenterait à lui?

Aurélien ne s'était pas coupé. Fier de lui, léger sourire aux lèvres, il retourna dans la chambre.

A moitié recouverte par la couette du lit, Jessica dormait encore d'un profond sommeil. Il ne put s'empêcher de prendre un instant pour la regarder. A demi nue, ses longs cheveux cachaient son visage. Au creux de son dos un tatouage tribal courait jusque sous sa culotte. Couchée sur le ventre, les fesses à peine relevées, elle semblait presque offerte. Aurélien aurait pu profiter de la situation. Il connaissait son gout pour ce genre de réveil, mais à cet instant précis il n'en avait aucune envie. Ce n'était pas une question de temps ou de fatigue, non, simplement un manque de désir.

Ensemble depuis tant d'années, et même si Jessica appréciait le sexe autant que lui, leurs rapports intimes n'étaient plus qu'un scenario trop évident. Les mêmes positions s'enchainaient presque invariablement. Les mots prononcés revenaient inévitablement. L'ennui se cachait aussi dans ces moments. Cette usure qui était pourtant le lot de la plupart des « vieux » couples.

Aurélien se foutait des autres. Qu'importent comment ils baisaient ou pas. Si leur libido fonctionnait ou non et avec quels artifices. Il voulait autre choses, autrement et ailleurs. Il n'avait pourtant jamais trompé Jessica et n'en éprouvait pas le besoin. Son souhait était bien plus radical.

La route pour rejoindre le supermarché lui paru plus courte ce matin là. Le jour ne s'était toujours pas levé lorsqu'il se gara sur le parking du personnel. Les phares de la voiture de Monsieur Marchandot, toujours allumés, lui laissait deviner que ce dernier devait passer un coup de téléphone. Dans une parfaite chorégraphie improvisée, ils sortirent en même temps de leur véhicule.

- *Bonjour Monsieur Marchandot, comment allez-vous ce matin?*

Ce n'était pas dans les habitudes d'Aurélien de faire des phrases à son patron, mais aujourd'hui il en ressentit le besoin.

- *Bonjour Aurélien, ça va, merci.*

Sa réponse sonnait faux, comme lâchée par reflexe. Sa voix laissait paraitre un agacement certain. Monsieur Marchandot, les traits tirés, semblait particulièrement tendu. Il marchait vite, tête baissée. Aurélien, se doutant que son patron devait appréhender sa future inspection, prit le temps de vérifier l'information sur le panneau de correspondance situé à l'entrée des vestiaires. Aucune note ne faisait référence à une visite de la Direction parisienne. Le scoop de Magalie paraissait s'éloigner à grands pas. Si une telle visite était prévue, aucun doute qu'un écrit ne la mentionnerait.

L'horloge de la réserve affichait 6h45 quand Aurélien souleva son premier carton. Il en faudrait encore beaucoup d'autres pour arriver à 16h00.

Une journée à boucher les trous. Une de plus. Remplir les rayons. Positionner les briques de jus de fruit pour en faire un mur parfait. Entasser les conserves de petits pois, étiquettes face à soi, toujours. Réapprovisionner en sachets de pates. Aligner les boites de gâteaux au corps d'eau. Disposer les poches de chips calmement, trop fragiles. La grande valse des produits, des marques et logos.

Tout au long de la journée, Aurélien s'efforça de réfléchir le moins possible, se concentrant sur ses cartons afin d'oublier cette incroyable histoire d'annonce et de texto.

Les cartons succédaient aux cartons, les conserves s'empilaient, le temps passait. Il ne pouvait ni l'accélérer ni le ralentir, seulement constater son impuissance face au mouvement imperceptible des aiguilles de la pendule.

Il ne ressentait aucune fatigue, ou alors son excitation grandissante la masquait. L'impression de vivre enfin l'envahissait, et il semblait ne pas avoir éprouvé cette sensation depuis de nombreuses années.

En quittant les vestiaires du personnel, il passa devant le bureau vitré de Monsieur Marchandot. Seul, debout, les mains dans le dos, il faisait face à la l'immense fenêtre qui dominait le parking de l'établissement. Aurélien ne pouvait pas apercevoir son visage mais aurait parié que l'inquiétude devait s'y lire. Il éprouva une certaine peine à cette idée. Leurs rapports employeur employé n'avaient jamais été les meilleurs du monde, mais, malgré tout, Monsieur Marchandot était toujours resté patient avec Aurélien. Bien plus tolèrent envers lui qu'envers la plus part des autres salariés. Ce traitement de faveur intriguait

Aurélien depuis bien des années, mais avec le temps, il avait cessé de se poser la question.

Sur le trajet du retour, Aurélien croisa Jessica. Leurs voitures se frôlèrent dans un chemin de terre, mais aucune ne s'arrêta. Seul un petit signe de la main fut échangé, comme un dialogue de sourds.

Elle partait, il arrivait.

A quelques centaines de mètres de chez lui, il ne pût s'empêcher de passer en revue tous les véhicules qu'il apercevait. Cherchant l'intrus qui n'aurait pas fait parti du décor habituel. Cet exercice ne lui demandait pas de fournir de gros efforts de concentration. Il connaissait par cœur les modèles de voitures qui ornaient les rues de son quartier. En se garant devant son domicile, il constata qu'aucun étranger ne l'attendait sur le pas de sa porte.

La pluie commençait à tomber et Aurélien dut se mettre à courir pour se refugier à l'intérieur. Sur la table de la cuisine, le mégot de Jessica, mal écrasé dans le cendrier, continuait à se consumer, dégageant un long filet de fumée blanche.

L'horloge affichait 16h05, ce qui lui laissait le temps de prendre une douche et de se changer. Devait-il adopter une tenue particulière pour son rendez-vous? Il n'en avait aucune idée et se dit qu'un simple jean et T-shirt feraient l'affaire.

De retour dans le salon, debout face à la baie vitrée, son regard se perdait sur le chemin menant jusqu'à chez lui. Impassible, les mains dans le dos, il attendait dans cette position son mystérieux visiteur. Il réalisa à cet instant que Monsieur Marchandot avait la même posture, mais le reflet du visage d'Aurélien dans la vitre ne renvoyait aucune grimace.

La pluie tombait de plus belle. La terre s'était transformée en une boue pâteuse et lourde. Au dehors, tout semblait pourtant calme. Pas de vent, plus d'oiseaux, juste l'averse et le bruit des goutes fracassées sur le verre.

Quelle heure pouvait-il être à présent ?

Aurélien n'en avait aucune idée. Il resta figé dans la même position. Immobile, presque paralysé, incapable de tourner la tète vers l'horloge murale. Il ne souhaitait pas savoir, il aurait aimé que ce moment dure toujours.

C'est pourtant à cet instant qu'une forme se dessina au bout de l'allée. Il ne rêvait pas. Un véhicule noir, plutôt imposant, avançait doucement. Ses pneus, en s'enfonçant dans les ornières du chemin, projetaient des gerbes de boue marron. Il avait l'impression que son cœur allait exploser à mesure que l'automobile approchait. Il ferma alors les yeux, comme pour échapper à cette vision, espérant ainsi reprendre un peu son calme. Il se concentra sur le silence extérieur que seul le bruit de la pluie venait perturber.

Le tintement de la sonnette le fit sursauter. Comme si un coup de feu avait retentit. Il devait être livide à cet instant. Il ne pensait plus. Tous ses efforts se focalisaient sur sa respiration et sur ses pas. Arrivé devant sa porte d'entrée, main crispée sur la poignée, prenant une dernière inspiration, il l'ouvrit presque brutalement.

7

Face à Aurélien se tenait un homme assez jeune mais bien plus grand et costaud que lui. Abrité par un large parapluie, vêtu de noir des pieds à la tête, il semblait porter un uniforme.

- Monsieur Aurélien Sartet?
- Oui c'est bien moi, mais, heu, vous ...
- Auriez-vous l'amabilité de prendre place à l'arrière du véhicule s'il vous plait?

Protégé de la pluie par ce qu'il devinait être un chauffeur dévoué, Aurélien n'avait fait que quelques pas et déjà la porte latérale du mini bus s'ouvrit dans un bruit sourd. A l'intérieur, deux paires de fauteuils en cuir formaient un petit salon. Confortablement assis dans l'un d'eux, un homme qui, d'un simple signe de la main, invita Aurélien à prendre place face à lui. Vitres teintées, matières nobles, éclairages tamisés, tout donnait à cet habitacle cossu un coté rassurant, presque intime. Le silence qui y régnait était, lui, plus angoissant, plus pesant. Intimidé, Aurélien n'osa pas le rompre. Son interlocuteur s'en chargea.

- Ravi de faire votre connaissance Aurélien. Je suppose que vous êtes particulièrement surpris par cette visite? Avant tout, et afin de ne pas trop attirer l'attention, je vais vous proposer que mon chauffeur ne stationne pas ici. Nous allons donc faire une petite ballade le temps de notre entretien et nous vous ramènerons. N'ayez aucune inquiétude.

L'homme âgé, parlait calmement, d'une voix élégante et posée. Il arborait un costume trois pièces parfaitement ajusté. Derrière sa barbe grise impeccablement taillée on pouvait deviner un léger sourire se dessiner sur ses lèvres. Les mains jointes posées sur ses genoux, il paraissait complètement détendu. Ce n'était pas le cas d'Aurélien, qui lui, avait du mal à déglutir. Le souffle court, s'efforçant de ne pas laisser paraitre son anxiété, il cherchait quoi dire. Les questions se bousculaient pourtant dans son esprit, mais aucunes ne semblaient vouloir se décider à sortir de sa bouche. Dans un souffle, comme à la suite d'une longue apnée il finit enfin par s'exprimer.

- *Je suis moi aussi ravi de vous connaitre mais qui êtes-vous et comment ...*
- *Aurélien, pardon de vous interrompre, je ne vous ai pas précisé les règles de notre entretien. Veuillez m'en excuser. Si vous me le permettez, c'est moi qui vais parler pour l'instant. Je vous laisserais ensuite vous exprimer. Je vais essayer d'être le plus bref et le plus clair possible car le temps nous est compté. Bien, je suis envoyé aujourd'hui à votre rencontre par mon employeur. Ce Monsieur que nous appellerons X pour l'instant, est à la tête d'un empire commercial, industriel et immobilier. Il possède des parts dans une multitude de groupes plus ou moins connus du grand public, ce qui lui confère un pouvoir assez important. Il se trouve que votre annonce lui a été signalée il y a quelques semaines. La détermination que vous avez mise à tenter de la publier, l'incite à croire que votre démarche est sérieuse et honnête. Puis-je vous demander de me confirmer si c'est toujours le cas ?*

Aurélien réalisa que son interlocuteur, sous ses airs d'homme trop poli, allait lui faire subir un véritable interrogatoire. A n'en pas douter, ses réponses pèseraient lourds dans le jugement final.

- *Heu, excusez-moi Monsieur, je, je suis un peu intimidé. J'ai un peu de mal à réaliser ce qu'il se passe. Vous me demandez si j'étais sérieux pour mon annonce et si depuis j'ai changé d'avis c'est bien ça ?*

- *C'est bien l'objet de ma question.*

- *Non. Je n'ai pas changé d'avis. C'est de vie que je veux changer et ma recherche est toujours d'actualité. Bien sur que oui. Mais pas à n'importe quel prix.*

- *Aurélien, c'est votre détermination qui nous importe. Visiblement je constate qu'elle est solide. C'est cette information que je suis venu chercher, que je suis venu vérifier si vous préférez. Je me félicite donc de votre réponse. En ce qui concerne les conditions d'une telle, disons transactions, Monsieur X les fixe, sur ce point il n'y a aucune négociation possible de votre part.*

Le ton aimable et rassurant du vieil homme avait laissé place à un air plus dur. Les traits de son visage se tendirent lorsqu'il se pencha doucement vers Aurélien.

- *Je ne suis pas venu jusqu'ici pour plaisanter Aurélien. Monsieur X n'est pas en train d'acheter un plat à gratin. Nous parlons de votre future existence. Celle que nous allons décider pour vous, à votre place. Si cette transaction doit se finaliser ce sera à nos conditions exclusives. C'est à prendre ou à laisser et notre entretien peut cesser dès maintenant.*

La tension était palpable dans le véhicule. Les deux hommes se faisaient face, silencieux, chacun soutenant le regard de l'autre. Aurélien savait qu'il ne gagnerait pas à ce jeu.

- *Ce qui veut dire que vous achetez ma vie mais que je n'ai pas mon mot à dire sur les conditions, en gros je ne décide de rien et vous de tout? C'est l'idée?*
- *Une dernière fois, je vais être très clair Aurélien car vous semblez ne pas bien comprendre. Nous vous offrons aujourd'hui la possibilité de changer de vie à nos conditions. Votre départ se fera dès demain. Vous n'emporterez rien d'autre que votre passeport. Dans deux jours vous ferez l'objet d'une légère opération chirurgicale que je vous précise indolore. La chose faite, vous seront remis trois cartes de crédit qui vous permettront de pouvoir acheter tout ce qui est possible de l'être. Sans limite aucune. Voila qui devrait vous rassurer sur l'aspect financier. Enfin, Monsieur X vous expliquera lui-même ce qu'il attend de vous ou plus exactement de votre vie. A vous de décider, mais sachez que ce sera notre seule proposition en réponse à votre annonce.*

Bouche bée, les yeux écarquillés, Aurélien restait comme assommé par ces dernières phrases. Visiblement le vieil homme semblait le plus sérieux du monde. Tout cela paraissait loin d'être une blague. Les questions se firent encore plus nombreuses dans l'esprit d'Aurélien. Il se pencha, la tête entre ses mains, fermant les yeux comme pour essayer de les dissiper toutes. Le vide se fit dans ses pensées et, à ce moment précis, il réalisa.

Finalement ce qu'il voulait, ce qu'il espérait en passant son annonce s'accomplissait.

A ses interrogations trop nombreuses, les réponses importaient peu à cet instant, il savait qu'elles finiraient par arriver en temps voulu. Aurélien se redressa dans son fauteuil trop confortable. Toutes ses appréhensions disparurent. Un étrange sentiment de bien être l'envahissait doucement. Son visage arbora un large sourire. Il se rendit compte qu'il était en train de vivre.

Le vieil homme le regardait en silence, la tête inclinée sur le coté. Il semblait le juger. Sonder sa sincérité. Lui aussi devait se poser bien des questions. Ils ne se connaissaient pas avant cette courte entrevue, et pourtant, tous deux paraissaient à l'aise malgré l'étrangeté de la situation.

Le silence, fut moins pesant que quelques instants auparavant. Aurélien, ce coup-ci, n'hésitât pas à le rompre.

- A quelle heure passez-vous me prendre demain ?

8

La journée touchait à sa fin. L'obscurité commençait à gagner du terrain sur la lumière. Soulignac s'assombrissait. Les vitres teintées du mini bus empêchaient de se repérer dans ce décor mal éclairé. Le vieil homme ne lâchait plus son interlocuteur du regard. D'un geste calme il appuya sur un bouton situé dans l'accoudoir de son fauteuil.

- *Max, il est temps de ramener Monsieur Sartet à son domicile.*

Aurélien n'osait plus s'exprimer. A peine s'autorisait-t-il à respirer. Sa question concernant le moment de son « départ » restait sans réponse. Il se demandait ce qui se passerait à partir de maintenant. La suite de l'histoire restait en suspend. La probabilité qu'elle s'arrête en même temps que le mini bus devant le domicile d'Aurélien subsistait.

Un « Merci, pas intéressé, bon courage pour la suite », n'était pas exclu.

Après un long silence, le vieil homme reprit la parole.

- *Vous pouvez fumer si vous le souhaitez Aurélien. Je vais répondre à votre question mais, au préalable, je dois passer un bref coup de fil si vous n'y voyez pas d'inconvénients.*

D'un geste élégant, comme répété des milliers de fois, le vieil homme sortit son téléphone de la poche intérieure de sa veste. Avant de le porter à son oreille, il consulta sa montre. C'était un modèle en or massif, comme on pouvait en apercevoir dans les vitrines de célèbres horlogers. Son coté ostentatoire semblait assumé. Ses yeux plongés dans ceux d'Aurélien, il engagea la conversation avec son interlocuteur à l'autre bout du fil.

Bonjour Monsieur Marchandot, j'espère ne pas vous déranger. Je suis confus mais je vais devoir repousser notre entrevue à demain matin. Voila. Disons vers 7h30. Parfait. Veuillez encore m'excuser. A demain donc. Merci. Bonne soirée à vous aussi.

Le point commun à chaque être humain sur cette terre était de pouvoir espérer vivre dans son existence un moment inenvisageable. Un instant où les faits semblaient totalement irréels, comme écrite à l'avance par un auteur en manque d'inspiration. Aurélien était en pleine fiction. Complètement hébété, il avait du mal à réaliser que cette scène s'était bel et bien produite. Il ne comprenait plus rien. Tout cela le dépassait totalement. La bouche grande ouverte, les yeux exorbités, il devait paraitre ridicule. Il s'en foutait. Il était perdu.

- Bien Aurélien. Vous pouvez m'appeler Theodore. C'est un privilège que votre patron, Monsieur Marchandot, n'a pas. Pour répondre à votre précédente question, nous passerons vous prendre à 7h00 demain matin. N'oubliez pas de vous munir uniquement de votre passeport. Pas de valise, pas de téléphone, rien d'autre que votre passeport et permis de conduire. Vous avez le droit de ne pas être à l'heure. Nous considèrerons dans ce cas que vous refusez notre proposition. Sachez que nous ne vous laisserons pas de deuxième chance. Je vous dis donc à demain Aurélien, ou, dans le pire des cas, Adieu.

Comme dans une chorégraphie parfaitement synchronisée, le mini bus s'arrêta à cet instant. Quelques secondes plus tard la porte latérale s'ouvrit, comme elle s'était fermée peu de temps avant. Le chauffeur se tenait là, imperturbable.

Aurélien compris que l'entretien était terminé. L'heure était venue pour lui de retourner à la réalité, sa réalité. Théodore ne broncha pas, sans aucune émotion il tapotait calmement sur son telephone, semblant ne prêter aucune attention au départ de son interlocuteur. Il n'y eu aucune réaction de sa part quand la porte se referma sèchement.

La pluie avait cessé. La nuit était tombée. Le mini bus repartait doucement sur le chemin boueux. Le calme régnait. Quelle heure pouvait-il être? Le temps semblait suspendu.

La plus part des habitations voisines paraissaient animées. Les voitures garées à leurs places respectives, preuves que la vie suivait son cour dans le quartier. Au loin, la maison de Christiane, comme un phare au bout de la jetée, montrait aussi des signes de vie.

253 mètres séparaient l'habitation de la mère d'Aurélien de la sienne. Exactement 253 mètres. C'était aussi la distance qui séparait Aurélien de son passage à l'acte. Sa prise de décision devait se faire sur ce trajet. Il le savait. Il le voulait. En espace temps cela représentait 5 minutes à tout casser. Certainement les plus longues de sa vie. Plus que quelques mètres pour trouver les mots. Ceux qui pourraient expliquer l'inexplicable. Quelques instants de réflexion pour trouver l'attitude à adopter face à sa mère. Finalement, Aurélien réalisa que ce n'était plus une question de choix, mais de présentation. Sa décision était prise.

Un lampion extérieur éclairait timidement le jardin maternel. Le bruit de ses pas dans le gravier le rassurait presque. C'était un son chaud, habituel, enfantin. La porte d'entrée vitrée laissait entrevoir les lueurs changeantes d'un poste de télé allumé. Aurélien resta là, immobile. Il aurait pu faire demi tour, rebrousser chemin. Il était encore temps. S'enfuir, ne rien dire. Ne jamais revenir. Il ne s'en sentait pourtant pas le courage et surtout pas le droit. Ce rôle était déjà pris, déjà involontairement interprété par son père. Casting complet. Ce faux héro qui un beau jour ne revenu jamais de son viaduc en chantier. Une chute de 149 mètres ne pardonnait pas. Combien de temps avait-il mis, lui, à parcourir cette distance? Avait-il trouvé la bonne attitude à adopter lors de l'impact?

Devant cette porte d'entrée, Aurélien se sentit stupide, envahi par l'impression insupportable d'avoir à nouveau douze ans. Il devait pourtant trouver le courage de la pousser. Elle seule le séparait d'un instant qu'il n'aurait jamais imaginé devoir affronter.

Christiane, installée dans son fauteuil, captivée par un documentaire sur la vie des chats, parut surprise de voir son fils entrer. Il n'était pas tard, mais ce n'était pas dans ses habitudes de lui rendre visite à un tel moment. Elle comprit immédiatement que quelque chose n'allait pas. L'instinct maternel ou plus probablement la pâleur du visage de son enfant l'alertèrent.

- Aurel? C'est gentil de passer me voir mon chéri, mais tu n'as pas l'air d'aller. Il y a un problème? Qu'est-ce qui ne va pas?

- C'est, comment te dire, un peu compliqué. Voila, je, j'ai quelque chose à, il faut que je te parle Maman.

- Je n'aime pas quand tu commences comme ça. Si tu as tué quelqu'un, ne t'inquiète pas mon chéri, je vais t'aider à dissimuler le corps. Aurélien? Tu es tout blanc, je plaisantais! Mais j'ai l'impression que ce n'est pas le moment. Que se passe-t-il? Tu me fais peur.

Le salon, mal éclairé, garni de meubles anciens, semblait ne jamais avoir changé. Décor immuable. Quelques vieilles photos des années heureuses côtoyaient des bibelots religieux. Un vieux christ en plâtre, une vierge sculptée dans un bois précieux, un saint priant, autant d'objets qui semblaient tout droit sortis d'une église et d'une autre époque.

Aurélien s'assit doucement aux cotés de sa mère et lui prit tendrement les mains. Les yeux dans les yeux, il parlait d'une voix calme, chuchotant presque. Il lui expliqua les raisons qui l'avaient poussé à, un jour, jeter une sorte de bouteille à la mer. Insista sur le fait qu'elle n'avait aucune responsabilité dans sa démarche. Il se voulait rassurant, ne souhaitait en aucun cas l'affoler. Il aurait pu lui mentir en inventant un prétexte crédible. Il n'en fit rien. Il lui annonça simplement qu'il devait vivre cette expérience, comme d'autres décident d'entamer un pèlerinage. Une sorte d'aventure humaine des temps modernes. Il s'empressa de la sécuriser sur son retour. Il fallait qu'elle sache qu'il n'était pas complètement inconscient, qu'il ne partait ni à la guerre ni dans une secte. Il reviendrait, il lui en faisait la promesse.

Christiane resta muette, serrant simplement les mains de son fils dans les siennes. Son regard se perdait dans ses yeux. Peut-être n'avait elle pas de mots, ou aucune envie de prononcer les mauvais.

Ils demeurèrent longtemps dans cette position. Scène biblique. La vierge à l'enfant, une piéta deux point zéro.

En guise d'épilogue, la mère et le fils, se prirent tendrement dans les bras. Aurélien ne se souvenait pas à quand remontait une telle étreinte. Il en était presque gêné, mais il comprenait que sa mère en avait besoin. La serrant contre lui, il pouvait sentir sa respiration. Les battements de son cœur résonnaient dans sa propre poitrine. Ils ne formaient plus qu'un. Dans un long soupir elle approcha doucement sa bouche de son oreille.

- *J'aurais envie de te dire tellement de choses mon chéri. Mais ce serait trop long, cela prendrait trop de temps. Saches simplement que je ne souhaite que ton bonheur, qu'importe où il se trouve. Les regrets sont le poison de l'existence. Alors vis ta vie mon fils et surtout, surtout n'oublie pas de revenir. Et je t'en supplie, ne me laisse pas trop le temps de réfléchir maintenant. Vas-y vite s'il te plait, sans te retourner. Je t'aime.*

Aurélien sentit une larme chaude couler doucement le long de sa joue.

9

L'averse avait cessée. Les flaques d'eau témoignaient encore de son passage. L'air était humide, tout comme les yeux d'Aurélien. Laissant derrière lui sa mère seule, il n'éprouva pourtant aucun sentiment de culpabilité. Son départ ne constituait pas un allé simple vers l'inconnu, il restait persuadé de son retour, un jour. Pour lui, rien de comparable à une scène d'adieux, simplement un au revoir. C'était en tout cas la promesse qu'il avait faite à Christiane. Il savait qu'il la quittait pour la retrouver.

En revanche, il n'éprouvait pas cette certitude concernant Jessica.

Leur couple semblait trop fragile, trop frêle, pour résister à de telles épreuves. Celles du temps et de la séparation. Distance et durée, le parfait cocktail qui ne manquerait pas de tout faire voler en éclat. Leur histoire était en sursit. Autant l'achever et éviter les souffrances. L'abattre comme on le faisait pour les animaux blessés. En finir maintenant.

Les pas d'Aurélien s'accéléraient, ses pieds s'enfonçant dans la boue du chemin. Il courrait, fuyait presque, et se fut comme un soulagement quand il ouvrit la porte de chez lui.

A l'intérieur régnait un calme absolu. Le silence et la nuit comme uniques occupants. Jessica rentrerait tard ce soir. Il le savait, ce qui lui laissait le temps de réfléchir à la meilleure chose à faire, même s'il n'avait pas la moindre idée sur la façon d'agir.

Seul dans l'obscurité, les rayons de la pleine lune comme simple éclairage, il s'assit machinalement dans la cuisine. Face à lui l'horloge du micro onde indiquait 21:12. Curieux chiffre. Comme un signe pourtant impossible pour lui à interpréter. Depuis son plus jeune âge, ce genre d'heure le laissait toujours autant interrogatif quand au symbole qu'elle pouvait représenter. Cela signifiait néanmoins qu'il ne lui restait qu'un peu plus d'une heure avant le retour de Jessica. Peu de temps finalement pour maitre fin à une histoire de plusieurs années. Il lui fallait trouver la solution, trouver l'arme à utiliser pour abattre froidement son couple.

Sa première idée fut la rédaction d'une lettre. Une succession de mots pour tenter de lui expliquer l'inexplicable. Coucher ses arguments sur du papier, tel un testament. Une épreuve qui lui paraissait finalement trop insurmontable. Sa génération ne savait plus écrire à l'encre noire sur une feuille blanche. Peut-être n'avait-il simplement rien à lui dire, encore moins à lui écrire. Aucune envie de motiver sa décision de partir. Le mensonge pouvait être une porte de sortie assez facile. Un déplacement professionnel imprévu et impossible à éviter, un gros gain au loto et l'obligation d'aller en urgence à Paris récupérer le cheque avant de perdre le ticket gagnant, son enlèvement perpétré par un groupe d'aliens curieux de connaitre le fonctionnement de l'espèce humaine en milieu martien. Autant de portes de sortie plus ou moins crédibles.

Pourquoi mentir quand la vérité était si simple à avouer?

Si simple et à la fois tellement improbable. Pas question pour lui de parler de son annonce et des conséquences sur leurs vies. Pas question non plus de la quitter sans un mot d'explication. Il ne voulait être d'une telle lâcheté.

Ne s'étant pas donné la peine d'allumer une seule lumière, la flamme de son briquet éclaira brièvement et trop faiblement le décor de sa modeste cuisine. Cigarette en main, il se saisit de son téléphone.

On lui avait récemment appris qu'il était possible de programmer l'envoi d'un texto en différé. Comme si cette option n'avait été conçue que pour ce genre d'occasion, à la seule fin d'organiser une fuite préméditée.

Le texto de rupture, voila l'instrument de sa génération pour liquider les histoires de couples.

- Déverrouillage
- Message
- Contact
- Rechercher
- Jess
- Sélectionner
- Nouveau message programmé

Ses doigts restèrent immobiles sur le clavier, comme incertains. Le curseur clignotant sur l'écran vierge, semblait les encourager à taper sur quelques lettres. Remplir le vide, charger l'arme de quelques mots, comme autant de balles.

« Quand tu liras ces quelques lignes, je serais loin. Ailleurs. Je quitte ta vie. Notre histoire s'arrête la. Je ne pars pour personne d'autre que moi. Ne cherche pas à comprendre mon égoïsme. Essaye de ne pas trop m'en vouloir. Prends soin de toi Jessica. Je t'embrasse.»

- Validation
- Envoi du message en différé
- Validation
- Réglage du temps avant envoi

- Choix du délai
- 12h00
- Validation
- Envoi confirmé dans 12h00

Aurélien resta quelques instants figé face à l'écran, les yeux rivés sur le message de confirmation, réalisant que le compte à rebours vers sa nouvelle vie venait de commencer.

Jessica n'allait pas tarder à rentrer.

Ce n'était plus qu'une question de minutes. Il se leva brusquement pour se précipiter dans l'escalier.

Il se déshabilla dans la salle de bain. Plia délicatement ses vêtements. Se brossa les dents. S'assit sur son lit. Programma son réveil. Jeta un dernier coup d'œil à son téléphone portable. Déplia les draps. Se coucha en chien de fusil. Essuya d'un geste calme quelques larmes.

10

Aurélien ne dormait pas quand il entendit la porte d'entrée s'ouvrir. Il réalisa que tous ces bruits familiers feraient bientôt partis de son passé, relégués à de simples souvenirs qu'il finirait par oublier.

Jessica monta doucement l'escalier et déposa son sac de sport à l'entrée de la chambre. Debout dans une quasi obscurité, elle retira son blouson en jean, ses chaussures, puis son teeshirt. Le bruit du zip de sa jupe perça le silence. Elle la laissa tomber à ses pieds, sa culotte suivit. Elle resta un instant immobile, nue, face au lit.

A quoi pouvait-elle penser à ce moment précis se demandait Aurélien ? Et si son texto lui était déjà parvenu? Nul doute que si cela avait été le cas la scène aurait été beaucoup plus animée.

Jessica se glissa délicatement sous les draps. Sans un mot, elle déposa un baiser sur l'épaule de son homme, puis sur son ventre et sa bouche se dirigea presque naturellement vers son sexe. Il ne put s'empêcher de gémir. Ce râle le surprit. Prendre du plaisir à ce moment précis le dégoutait presque. Désir coupable. Pourtant, son excitation montait inexorablement, comme si ce rapport était le premier qu'ils aient eu. Il comprenait que cette dernière fois aller compter autant que leur première. Lequel de ces deux moments l'emporterait face à l'autre sur le podium des souvenirs?

Aurélien sentait les seins tendus de Jessica frotter son ventre. A son tour, elle bascula sur lui pour lui offrir son sexe.

Même dans ces moments, ils ne se regardaient pas. Ne se parlaient pas, n'échangeant que des gémissements de plaisir.

C'était le lot des couples usés, ne vivre que d'habitudes éculées sans jamais avoir le désir ni même l'idée de les renouveler.

Le silence était revenu autour des corps fatigués. Jessica s'était très vite endormie. Aurélien, lui, ne pouvait trouver le sommeil. Ses interrogations, encore plus nombreuses que la veille, se bousculaient dans son esprit. Le bal était ouvert et visiblement sa clôture n'était pas prévue dans l'immédiat. Se concentrer sur ses préparatifs de départ n'était pas utile. Théodore avait été très clair sur ce point, un passeport et rien d'autre. Ni portable, ni sac de voyage, rien. Telles étaient les consignes. Aucun intérêt dans ce cas d'essayer de focaliser son attention sur les vêtements à emporter ou pas. Ces instructions, même s'il ne cherchait plus à comprendre quoi que ce soit, lui semblaient insolites. Finalement tout lui paraissait insolite.

Son regard se porta sur son radio réveil.

05:50

Encore une heure à la con pensa-t-il. L'alarme programmée à 6h15, ne lui laissait plus assez de temps pour s'endormir et trop pour se lever maintenant.

Qu'importe les règles, elles n'étaient faites que pour être transgressées. Aurélien désactiva le réveil et sortit du lit dans la plus grande discrétion.

Jessica dormait à poings fermés.

Il resta un instant à la regarder, essayant de se souvenir de ses derniers mots prononcés à son égard. En vain.

« Putains de souvenirs. »

Allongée sur le ventre, à moitié couverte par les draps, ses cheveux couraient sur son dos. Il aurait aimé graver cette image dans sa mémoire ; que cette vision soit son ultime souvenir d'elle. Ses fesses nues, d'un blanc immaculé, semblaient presque illuminer la pièce. La comparaison avec la pleine lune le fit sourire.

Elle avait l'air si sereine, tellement paisible. Elle le resterait quelques heures encore, le temps qu'un « bip » ne retentisse sur son téléphone, tel le bruit d'une balle. Dans les cas d'homicides par arme à feu, le projectile tiré étant plus rapide que le son, la victime n'entendait jamais la détonation. Jessica, elle, aurait droit à la déflagration en premier. Le son avant l'image.

Serait-elle touchée au cœur ou en pleine tête? Lequel de ses deux organes souffrirait le plus?

Telle était la question que se posait Aurélien face au miroir trop embué de la salle de bain. Cette vapeur qui l'empêchait de constater la rougeur de ses yeux.

Il s'habilla doucement dans cette brume humide. N'étant plus question pour lui de retourner dans leur chambre, il descendit directement au rez-de-chaussée.

Les premières lueurs du jour éclairaient faiblement la pièce. Assez pour une fois encore se passer de lumière artificielle. Comme si trop d'éclairage pouvait changer sa décision. D'un geste hésitant, Aurélien ouvrit le tiroir du meuble télé. Il renfermait différents documents. Vieilles photos, chéquiers usagés, quelques factures, toute une vie pelle mêle résumée en couche de papiers plus ou moins importants. Il en extirpa son passeport qu'il lança sur la table de la cuisine.

Une pression sur l'interrupteur de la Nespresso. Une tasse. Une capsule de café Forté n°8. Rituel immuable de ses débuts de journée. Seul point commun avec les jours suivants. Rien ne serait plus jamais pareil.

Le micro-onde affichait 6h41.

19 minutes qui le séparaient de sa nouvelle existence.

19 minutes pour encore changer d'avis.

19 minutes pour tout changer.

19 minutes pour risquer de regretter sa décision.

19 minutes pour une vie de regret.

19 minutes de doute.

19 minutes trop courtes.

Appuyé contre la table de la cuisine, les yeux rivés au dehors, Aurélien aperçu au loin une forme sombre pénétrer dans le chemin. Deux phares se rapprochaient doucement en illuminant la terre encore luisante.

Sans détourner les yeux et en se redressant, il se saisit de son paquet de cigarette et de son passeport.

11

A l'heure précise convenue, le mini bus s'immobilisa comme il l'avait fait la veille. En s'avançant vers lui, Aurélien se dit que, dans ce milieu, on ne plaisantait ni avec la ponctualité ni avec la précision. S'il n'avait eu que 5 minutes de retard, il ne faisait aucun doute que le véhicule serait reparti sans attendre. Descendu en évitant les flaques de boue, le chauffeur, toujours aussi impassible, salua Aurélien en lui ouvrant la porte latérale.

Théodore, enfoncé dans son confortable siège en cuir, se redressa sans un mot. Il semblait se réveiller et paraissait surpris. Les traits tirés, les yeux mi clos, il tendit la main en signe de bienvenue. Elle était glaciale, à l'image de son accueil.

- *Bonjour Aurélien, excusez-moi mais je crois m'être un peu assoupi. Je vois que vous êtes à l'heure, ce qui signifie que votre décision est prise. Je m'en félicite. J'espère que vous ne regretterez pas votre choix.*
- *Bonjour Théodore, j'espère aussi ne pas regretter ce choix même si franchement je ne sais pas trop ce qu'il va se passer à partir de maintenant.*
- *Et bien, depuis quelques secondes, votre vie vient de basculer dans l'inconnu! Excitant non? Votre sourire est une réponse à lui seul. Bien, dans l'immédiat, je vais vous demander de me laisser envoyer et répondre à quelques mails importants avant mon entretien avec Monsieur Marchandot. Vous attendrez dans le mini bus pendant cette entrevue qui ne devrait pas durer plus, disons pas plus de trente minutes. Ensuite je commencerais à vous en dire plus sur la suite des événements. En attendant je vous invite à vous reposer un peu, vous me semblez assez fatigué.*

Le vieil homme se saisit calmement de son portable. Il se racla la gorge et ses doigts se mirent à se déplacer doucement. Ils ne semblaient pas hésiter sur le clavier lumineux, se promenant de droite à gauche, de haut en bas. Chorégraphie minimaliste des temps modernes. Théodore paraissait tellement concentré que, pas une fois, son regard ne se posa ailleurs que sur son écran. Seul le ronronnement du moteur venait perturber le calme qui régnait dans l'habitacle cossu. Au dehors, on ne devinait que des points de lumières difficiles à identifier, tant les vitres teintées ajoutaient de l'obscurité à la nuit. Aurélien devinait néanmoins les paysages qui lui étaient si familiers, et qu'il pensait ne pas revoir de si tôt.

Le mini bus s'engagea enfin sur le parking désert du super marché et vint s'immobiliser doucement face à l'entrée du personnel. Debout, presque au garde à vous, Monsieur Marchandot attendait déjà sous la lumière trop froide d'un spot trop puissant.

Le chauffeur, sans un mot pour lui, vint, comme à son habitude, ouvrir la porte coulissante.

A cet instant, Aurélien crut que son cœur allait le lâcher tant il battait fort. Brutalement, il se retrouvait presque face à face avec son patron. Scène surréaliste et impensable quelques jours auparavant. Les yeux écarquillés, le souffle court, il se demandait si tout cela n'était pas finalement une mauvaise blague. Pourtant, Monsieur Marchandot, à la vue de son salarié, resta impassible. Il ne paraissait pas choqué ni même surpris. Les deux hommes se regardèrent, les yeux dans les yeux, un court instant. Théodore, lui, toujours absorbé par son écran ne tourna pas la tête.

- *Bonjour Monsieur Marchandot, excusez-moi, je termine l'envoi de ce mail urgent et je suis à vous. Je ne vous présente pas Messieurs?*

Le patron de super marché n'était pas du genre à se laisser impressionner. Pourtant, face au vieil homme, il semblait comme un enfant. Sans un mot, il recula de quelques pas. Le Pape en personne ne l'aurait pas plus intimidé. Ne sachant comment réagir dans ces circonstances, il finit par saluer Aurélien d'un simple bonjour un peu trop appuyé. Ce dernier, bouche bée, lui répondit une sorte de « onjour » maladroit et étouffé.

- *Allons Aurélien, remettez-vous, et fermez-moi cette bouche! Je vous abandonne un instant. Monsieur Marchandot, ravi de faire votre connaissance. Veuillez excuser cette entrée en matière mais certains dossiers ne peuvent attendre. Je suis enfin à vous. Comment allez-vous de si bonne heure?*

Alors que les deux hommes disparaissaient dans le bâtiment, Aurélien resta assis, comme sonné. Ces quelques minutes lui parurent durer des heures. Finalement, il quitta lui aussi son fauteuil. Face à l'entrée du personnel, il remarqua que le cendrier toujours trop plein avait disparu. Monsieur Marchandot, à n'en pas douter, avait soigné les détails.

Aurélien palpa ses poches et constata qu'il avait oublié ses cigarettes et son briquet. Fumer était à cet instant une priorité. Comme une délivrance. En tout cas une véritable habitude à cet endroit précis. Se tournant vers le chauffeur resté à l'extérieur, il s'adressa à lui d'une voix hésitante.

- *Pardon Monsieur, vous n'auriez pas une cigarette par hasard? D'habitude j'en ...*

Le conducteur du mini bus ne lui laissa pas le temps de terminer sa phrase. Sans un mot il passa le bras à l'intérieur de l'habitacle et ouvrit un petit coffre dissimulé, d'où il sortit un paquet de cigarette ainsi qu'un briquet.

- *Pour vous Monsieur, de la part de Monsieur Théodore. Pour votre information, moi c'est Maxime.*

- *Ben merci Maxime. Ma marque de clopes en plus! Le briquet aussi il est pour moi? Il est en or? Fallait pas! Mais il a pensé à tout Théodore.*

- *Vous n'imaginez même pas à quoi ils ont pensé Monsieur.*

Impassible et aussi froid qu'une pierre tombale, Maxime fixait Aurélien du regard. Médusé, ce dernier se figea, cigarette aux lèvres et flamme de briquet dans le vent, comme si sa main ne parvenait pas à atteindre le niveau de sa bouche. Ce face à face glacial fut interrompu par la sonnerie du téléphone du chauffeur. Il prit l'appel sans même regarder de qui il provenait, ses yeux encore plantés dans ceux d'Aurélien.

- *Oui? Ok. Parfait. Je pense que l'on sera à l'heure à Avignon. Non. Seulement deux. Comme d'habitude. Voila. Vers quelle heure? Et après? Ok. Dans ce cas pas la peine de prévoir pendant le trajet. Parfait. Merci. A plus tard Angelo.*

Aurélien s'arrachait les poumons tant il tirait sur sa cigarette. Signe d'épuisement ou de stress, il n'aurait su le dire. Encore une fois, et à part le mot Avignon, il n'avait absolument rien compris à cet échange entre le chauffeur et son interlocuteur. Il semblait spectateur de sa propre vie, ou plutôt l'acteur d'une série B qui n'aurait pas daigné lire le scénario du personnage qu'il devait interpréter. Tout se mélangeait dans son esprit. Il n'arrivait plus à penser. Il y avait eu trop d'émotions, trop de mots, trop de silence, trop de regards. Sa tête commençait à tourner et il fut pris d'un soudain coup de fatigue. A cet instant, regagner le mini bus pour s'y assoir lui paraissait un acte presque impossible à réaliser seul.

- *Je ne me sens pas bien, pas bien du tout là. Ça vous embêterait de m'aider à remonter Maxime ? Je crois que j'ai besoin de m'assoir.*

Le chauffeur pris Aurélien dans ses bras avec une facilité déconcertante. Sa carrure imposante lui permettait ce genre de performance sans que ce soit pour lui une prouesse. Un militaire de haut niveau n'aurait pas fait mieux. Presque exfiltré du l'endroit où il avait l'habitude de faire ses pauses cigarettes, Aurélien, à ce moment et en ce lieu, eu encore une fois la preuve que sa vie ne serait plus jamais la même.

Enfoncé dans un fauteuil en cuir, il ferma les yeux et n'eut pas la force de les rouvrir quand Théodore regagna le mini bus.

- *He bien Aurélien, vous me paraissez bien faible. Trop d'émotions certainement. C'est bien compréhensible. Reposez vous. Je vous réveillerez quand nous serons arrivés. La journée ne fait que commencer. Je pense qu'un petit somme me fera aussi le plus grand bien.*

12

Le jour se levait sur la campagne des environs de Soulignac. Un soleil timide émergeait de la brume du matin. Le minibus noir filait à bonne allure dans ce décor de carte postale. Au volant, Maxime se concentrait sur la route étroite et sinueuse. Comme un capitaine de vaisseau l'aurait fait pour éviter les récifs. A l'arrière, blottis dans leurs confortables fauteuils, dormaient d'un pareil sommeil deux générations d'homme. Deux individus qui n'étaient pourtant pas destinés à se côtoyer un jour. Deux parcours de vie face à face dans la lumière de l'aube.

Le véhicule ralentit doucement et son arrêt complet ébranla l'intérieur de l'habitacle.

Théodore ouvrit un œil. Il tourna la tête vers la fenêtre et s'étira lentement avant de s'écrier brutalement d'une voix paniquée :

- *Aurélien, levez-vous, nous sommes attaqués! On nous agresse! Debout!*

C'est en sursautant que le jeune homme tressauta pour se retrouver presque au sol. Les yeux grands ouverts et une affreuse grimace en guise de bouche, en se relevant précipitamment, oubliant la hauteur réduite de l'habitacle, il se cogna la tête contre le plafond du véhicule.

Les mains couvrant son crane, il constata par la fenêtre que le jour était levé et que la station service où ils venaient de s'arrêter semblait déserte.

Théodore, fier de son coup, riait doucement. Se saisissant de son manteau, il ouvrit la porte latérale. L'air frais du matin s'engouffra dans l'habitacle. D'un geste de la main il fit signe à Aurélien de descendre.

- *Après vous jeune homme. Vous avez bien dormi? Je me permets de vous offrir un café pour me faire pardonner cette blague idiote. Idiote mais tellement amusante. Que voulez-vous, je suis ainsi.*

- *Je ne suis pas sur qu'on ai le même sens de l'humour Théodore. Mais bon, c'est ok pour le café. Où sommes-nous? Je ne reconnais pas.*

- *Nous sommes quelque part entre notre point de départ et celui de notre arrivée. Max doit le savoir. Allez, venez, allons gouter le café local.*

La station service vétuste paraissait le seul lieu de vie à des kilomètres à la ronde. De vieux néons éclairaient les pompes à essence d'une lueur pale. En renfoncement, un local tout aussi décrépit, faisait office de caisse, d'épicerie, de dépôt de pain, et visiblement de « bar restaurant ».

« Pousser pour entrer »

A l'intérieur, quelques tables usées disposées face à un bar en formica. Des plantes artificielles et poussiéreuses. Un immense tableau au point de croix. La couverture encadrée d'un vieux quotidien sur un match de foot mythique. Un distributeur de cacahouètes quasi vide. Tel était le décor. Ambiance années soixante perdue au milieu de nulle part.

Le patron des lieux, cigarette aux lèvres, yeux rivés dans le journal local, trônait entre un comptoir en zinc et un mur de bouteilles toutes entamées. Il leva la tête et son regard se posa sur les deux étrangers qui venaient d'entrer. Aux mots « deux cafés » prononcé par l'un d'eux, il se retourna et actionna les manettes de son percolateur. Le bruit assourdissant de la machine témoignait de son âge avancé.

Accoudé au comptoir, Aurélien lança un regard amusé à Théodore. Ce dernier, sourire aux lèvres, concentré sur le barman, semblait fasciné par ses gestes sûrs et son aspect de vieil ours.

- Et voila deux cafés pour les messieurs ! Ils veulent aut' chose?

- Auriez-vous avez des croissants?

- Des croissants? Ben non ! Ça, j'en ai jamais! Et le pain il est pas encore la!

- Ce n'est pas grave, merci pour les cafés. Comme je peux le constater en suivant votre exemple, il nous est possible de fumer dans votre établissement?

- Vous comprenez au poil. Pourquoi qu'on pourrait pas fumer ici ? C'est moi le patron et si ça gène, ça dégage! Ça vous fera deux euros pour les cafés. Vous payez avec le gasoil ou comment?

- Je vous règle le tout, essence et café cher Monsieur.

- C'est « je vous règle TOUT » qu'on dit. Mais bon on s'en fout, on n'est pas à l'école ici. Pas vrai ?

Théodore esquissa un sourire, sortit son porte cigarette du revers intérieur de son manteau et s'adressa à Aurélien.

Auriez-vous du feu par hasard Aurélien ?

Ce dernier plongea aussitôt la main dans la poche de son jean pour en sortir le briquet doré qu'il déposa le plus délicatement possible sur le bar.

- Je n'ai pas eu le temps de vous remercier Theodore. C'est un très beau briquet, j'espère qu'il n'est pas en or, car si c'est le cas c'est de la folie.

- Evidement qu'il est or! En quoi voulez-vous qu'il soit? De plus Aurélien, ne dites pas de sottises, vous n'avez aucune idée, de ce qu'est ..... la folie.

- Ho mazette, c'est un briquet comme ceux qu'on voit dans les films. Y doit douiller le bordel ! Ma douce elle a des boucles d'oreille pareilles, enfin en or quoi. Z'etaient à sa mère, mais elle les mets pas, elle dit que ca fait parler les cons ! Faut vous dire qu'elle est un peu conne aussi ma bourgeoise.

Theodore s'était allumé une cigarette. Ses yeux fixaient les mouvements méticuleux de sa cuillère remuant le sucre au fond de sa tasse. Il la porta à ses lèvres et en bu une gorgée. Il la reposa tout aussi calmement en la poussant sur le coté. Son regard froid se fixa sur le barman face à lui, occupé à marmonner quelques jurons à voix basse.

- Je vous le répète, vous n'avez aucune idée de MA conception du mot folie.

dit-il froidement à Aurélien sans le regarder. Puis, d'une voix plus joviale, il s'adressa au patron du bar.

- Je peux vous poser une question cher Monsieur?

- Ben ça dépend, j'aime pas trop ça moi les questions. Vous pouvez toujours essayer.

- Votre établissement, arrêtez moi si je me trompe, ne semble pas équipé d'un système de vidéo surveillance?

- De? C'est quoi ça? Oulllla mais si vous êtes un de ces connards de vendeurs de merdes qui viennent que pour taper du blé, vous pouvez toujours aller vous faire foutre ! J'préfere vous dire que moi je raque pas pour ces machins qui serv...

Soudain, dans un bruit sourd, la tête du patron vint se fracasser violement sur le zinc froid du bar. Sous l'effet de l'impact, les tasses presque vides s'ébranlèrent. Un léger filet de sang s'écoulât d'une de ses narines pour venir lentement se mélanger au café renversé. Théodore, la main plaquée sur le crane de son interlocuteur, exerçait une telle pression que ce dernier, les yeux mi clos, n'essaya pas de se débattre. S'exprimer ne lui était pas non plus possible, seuls quelques râles parvenaient à s'échapper de sa bouche déformée, trop compressée.

- *Voyez cher ami, un système de vidéo surveillance vous aurez notamment permis de revoir cette action au ralenti. Pour votre information, je me moque de connaitre le niveau intellectuel de votre épouse. Passe encore le fait que vous puissiez nous servir un café aussi immonde. Par contre, cher Monsieur, il est très impoli de votre part d'émettre une quelconque remarque concernant la valeur du briquet de mon jeune ami. Ce comportement inadmissible vous vaut ce petit rappel à l'ordre. J'espère qu'il vous servira de leçon à l'avenir. Bien, je vais maintenant vous lâcher et vous payer les boissons et le carburant que nous vous devons. Il n'est pas nécessaire de m'en préciser le montant. Je suis une personne assez*

> *généreuse, certainement trop par moment. En parlant de générosité, je dois vous préciser que mon jeune ami ici présent, fermez moi cette bouche Aurélien vous êtes ridicule, que mon ami donc, porte sur lui un petit jouet assez amusant. Amusant mais très bruyant. Sachez qu'il n'hésitera pas une seconde à vous faire la démonstration de sa mansuétude si l'idée vous venez de vous plaindre de la situation. Mais je vous devine être de nature raisonnable, impoli certes, mais raisonnable.*

Théodore relâcha doucement la tête qu'il compressait avec force depuis quelques instants. Encore choqué, son propriétaire se redressa avec peine. Du sang coulait d'une de ses narines. Il resta de marbre en regardant, hébété, les deux étrangers ressortir calmement de son établissement.

Sur le comptoir, deux billets de cent euros baignaient dans un mélange de café et de sang.

Les deux hommes se rapprochèrent du minibus sans échanger un mot. Aurélien semblait complètement sonné par la scène à laquelle il venait d'assister. Comme si, lui-même avait reçu le coup porté.

Théodore, se frotta la main droite en esquissant une légère grimace. Son bras était parcouru de tremblements.

> - *Pour moi Aurélien, c'est un peu à ça que ressemble la folie. Peut-être me comprendrez-vous un jour.*

13

Encore une fois, un silence pesant régnait dans le mini bus qui avait repris sa route. Aurélien se remettait péniblement de ses émotions sans oser prendre la parole. Ses questions encore trop nombreuses, il ne savait par laquelle commencer. Que dire pour engager la conversation après cet épisode brutal? Il avait beau s'interroger, il ne parvenait pas à trouver la réponse. Il aurait aimé être léger, mais le cœur n'y était pas.

Théodore, quant à lui, fixait le paysage monotone qui défilait sous ses yeux. Son regard paraissait vide. Comme si le spectacle du dehors le bouleversait. Comme si ces champs à perte de vue lui donnaient l'envie de pleurer.

C'est finalement lui qui rompit le silence.

- J'espère que vous n'avez pas peur de monter dans un hélicoptère Aurélien?

- Un hélicoptère? Heu, c'est-à-dire que je n'ai jamais fait ça, mais je ne pense pas en avoir peur. Pourquoi? On va faire un tour d'hélico? Je peux savoir pour quelle raison?

- Précisément jeune homme, nous allons faire un tour d'hélicoptère. Décollage d'Avignon, destination Monaco. Vous verrez, le paysage est somptueux.

- Mais, comment dire? Donc on va à Monaco en hélico? Et après? Quelle est la suite du programme? Parce que je dois vous dire que la je me pose des tonnes de questions? Vous avez un nez de barman à casser à Monaco?

- Ha ha, amusante cette remarque Aurélien. Non, rassurez-vous, je n'ai l'intention de frapper personne. Enfin ce n'est pas au programme et je crois que j'ai de toute façon passé l'âge de ces bêtises.

- Mouai, c'est pas super rassurant tout ça. Mais c'est quoi exactement le programme? Ce serait trop vous demander de m'en dire un peu plus sur ce qu'il va se passer? Franchement, l'épisode du bar m'a vraiment fait flipper. Putain, il ne vous avez rien fait ce pauvre type.

Théodore ne répondit pas. Il continua de fixer le paysage avec cette même mélancolie dans les yeux. Le jeune homme, la parole libérée, ajouta :

- Pour moi ce n'est pas de la folie, c'est juste de la connerie de tabasser un type sans raison, juste comme ça, pour rien.

A ces mots, le regard du vieil homme se posa sur Aurélien. Il le fixa sévèrement alors qu'un de ses doigts actionnait le bouton du micro intégré à l'habitacle du véhicule.

- Maxime, arrêtez-vous immédiatement je vous prie.

Le paysage extérieur cessa de défiler. Le chauffeur sauta sur le bitume et vint ouvrir brutalement la portière latérale.

- Un problème Monsieur?

- Je ne sais pas trop Maxime. Peut-être. C'est à Aurélien de me le dire. Bien, soyons très clair jeune homme. Je ne suis pas certain que vous ayez bien compris les règles du jeu. Petit rappel donc. Concernant mes actes, je ne vous demande pas votre avis. Je me fou que vous appréciez ou pas mon comportement. Votre jugement vous le gardez pour vous. Compris?

Si cette aventure vous fait déjà « flipper » comme vous le dites si bien, vous descendez et tout s'arrête. Ici. Maintenant. Compris?

Donc, soit vous comprenez que votre vie à vraiment basculé en acceptant certaines choses, soit vous descendez et c'est terminé. Fin de l'histoire!

Que décidez-vous?

Aurélien resta sans voix. A son tour son regard se fit plus noir. Il fixa le vieil homme et respira une profonde bouffée d'oxygène. Il avait l'impression étrange d'être resté en apnée depuis des heures. Personne ne bougeait. Seules quelques voitures animaient la scène en frôlant à vive allure le mini bus. Ambiance pesante. Visages tendus.

Les yeux toujours plongés dans ceux de Theodore, Aurélien passa doucement ses mains dans ses cheveux en esquissant finalement un léger sourire.

- *Maxime, vous pouvez refermer cette porte et redémarrer. Je ne connais pas Monaco et je suis de nature curieuse.*

Le chauffeur parut surpris par cette injonction et lança un regard interrogateur à Théodore. D'un léger geste de la tête, ce dernier lui fit comprendre que le problème était réglé. La porte se referma sèchement.

- *Aurélien, je vous laisserais vous faire votre propre idée sur les charmes monégasques.*

Le vieil homme porta une cigarette à ses lèvres. Le cliquetis du briquet précéda une légère flamme brillante. Sa main tremblait. Le feu vacillait. Un nuage de fumée blanche finit par envahir l'habitacle.

- *Bien, je pense qu'il est temps que je lève le voile sur deux ou trois points Aurélien. Nous allons à Monaco pour la simple raison que c'est le lieu de villégiature actuel de Monsieur X.*
- *Puisque vous en parlez Théodore, vous pouvez m'en dire un peu plus sur ce Monsieur X ?*
- *Je pourrais vous en parler pendant des heures. Mais je vais essayer de faire court.*

Theodore tira une longue bouffée sur sa cigarette. Il contempla quelques instants les volutes s'échapper de sa bouche. D'une voix posée, presque solennelle, il commença un récit en forme de biographie. Expliquant comment, à peine adolescent, et peu de temps avant la fin de la guerre, il croisa la route de Victor, le fameux Monsieur X.

Lors de cette époque troublée, ils firent connaissance dans un orphelinat dévasté. Le lieu sinistre abritait des naufragés de la vie, échoués là, sans parents ni famille. La fin, la solitude, la misère, autant de malheurs communs qui les rapprochèrent. Même destin effroyable, même espoir incroyable. Celui de survivre malgré tout au chaos ambiant. Parce qu'ils n'avaient pas eu le choix, ils devinrent des hommes à l'âge de treize ans.

Pour nombre d'entre eux, à ce moment, exister ou périr n'avaient plus aucun sens. Ces événements endurcirent Victor. Rien ni personne ne pouvaient plus l'effrayer, se considérant comme déjà mort, il se sentait invulnérable.

Rien ne lui semblait alors impossible. Rien pour lui n'aurait pu être pire que ces années de profonde souffrance. Rien à faire d'autre que de se battre. Rien à perdre. Rien. Une volonté farouche de supprimer ce mot de son existence. Il voulait une revanche sur ce destin trop sombre, trop lamentable. S'en sortir, qu'importe les moyens, y' arriver, coute que coute.

Presque naturellement, il prit Théodore sous son aile, comme l'aurait fait le père protecteur que ni l'un ni l'autre n'avait connus. En outre, Victor pressentait qu'il pouvait tirer un véritable avantage de cette « union ». Elle présentait un intérêt certain, celui d'être plus fort à deux. Plus jeune de quelques mois, la nature avait doté Théodore (contrairement à Victor) d'une belle carrure qui impressionnait déjà pour son âge. Attribut non négligeable en ces temps difficiles. C'est ainsi que les deux gamins décidèrent de ne plus se quitter. Unis pour le meilleur et certainement pour le pire. Un mariage d'intérêts.

Malin et ambitieux, Victor était un être au culot incroyable. Ces qualités, alliées à sa capacité de comprendre et anticiper les situations, lui avaient permis de bâtir un véritable empire. Son sens des affaires semblait inné. Parti de zéro, il régnait aujourd'hui partout et dans tout. De la finance aux média, en passant par le BTP et la grande distribution, Victor était devenu un acteur incontournable du monde des puissants. Club privé et privilégié dont il possédait les clefs. Entrée strictement réservée aux membres.

Durant toutes ces années, Théodore demeura l'homme de l'ombre de cette succès story. A la foi confident, frère de cœur, bras droit (et parfois armé), il restait le témoin privilégié de cette ascension fulgurante.

Sa fidélité, sa loyauté envers son mentor faisaient sa fierté. Aujourd'hui et comme par le passé, sa présence à ses cotés ne pouvait être remise en question.

> - *Voila brièvement résumée la raison qui nous amène à nous trouver ensemble dans ce véhicule Aurélien. Je laisse à Victor le soin de vous en apprendre plus sur la suite des événements.*

L'évocation de ces souvenirs, le récit abrégé de cette vie firent s'embrumer les yeux de Théodore. Il préféra les fermer et resta silencieux.

Le récit du vieil homme avait touché Aurélien. Lui-même aurait aimé éprouver un si profond sentiment pour un ami, un frère, pour quelqu'un, qu'importe qui il aurait put être.

14

Avignon, 12h03

« *Ancienne demeure du marquis de Graveson, la maison, construite en 1580, est riche d'une histoire passionnante.*

*Donnant sur une des plus belles places d'Avignon, toute proche du Rhône, la réputation très ancienne de **l'Hôtel d'Europe** s'explique quand on se remémore qu'au début du 19e siècle, le plus confortable moyen de voyager était la voie fluviale car elle permettait d'éviter la poussière et les secousses des chemins de l'époque.* »

Telles étaient les premières lignes décrivant l'établissement 5 étoiles dans la cour duquel Aurélien dégourdissait enfin ses jambes. Le lieu paraissait chic, en tout cas, c'est l'image qu'il voulait en donner. Bâtiment en pierre de taille, buis parfaitement taillés, gravier de calibre et de couleur sélectionné. Situé en plein centre ville, même les bruits extérieurs semblaient ne pas oser franchir la grille d'entrée.

Le bagagiste de l'hôtel scrutait discrètement Aurélien du coin de l'œil, étonné de ne pas avoir de valises à monter en chambre et surpris par sa tenue trop décontractée. Basquet, jean, T-shirt, sweat à capuche, pas vraiment l'uniforme de mise dans ce genre d'établissement.

Theodore, lui, s'était dirigé directement vers le comptoir d'accueil. En pleine conversation avec la réceptionniste, il fit signe à Aurélien de s'approcher.

- *Voici la clef de votre chambre Aurélien, la 120. Premier étage. Rendez-vous à 12h30 précise sur la terrasse du restaurant. Ça vous laisse le temps de vous rafraichir.*

Escalier en pierre, hauteur sous plafond, large couloir, tableaux craquelés, porte peinte en noire, moquette épaisse, mobilier ancien, lumière douce, marbre, douche à l'italienne, vapeur d'eau, serviette blanche, odeur de propre.

Debout, face à la fenêtre, Aurélien contemplait la vue en finissant de s'essuyer le corps. Le soleil était d'un bleu impeccable. Ses pensées allèrent curieusement vers Jessica. Elle adorait les chambres d'hôtel. Il le savait. Aucun moyen de lui faire partager celle-ci. Aucun moyen et surtout aucune envie. Il s'était enfui, l'aventure commençait, elle n'en faisait pas partie.

Comme convenu, et à l'heure dite, Aurélien retrouva Théodore sur la terrasse du restaurant. Des tables en fer forgé, recouvertes de nappes blanches, accueillaient une clientèle aussi austère qu'âgée. Hommes d'affaires, retraités de passage. Décoration soignée, conversations feutrées.

Assis confortablement, les deux hommes se faisaient face sous l'ombre rassurante des peupliers. Se penchant doucement vers Théodore, Aurélien prononça à voix basse,

- *Qui est mort?*
- *Pardon Aurélien?*
- *Vous avez vu l'ambiance dans cette maison de retraite? A mon avis on ne tombe pas au bon moment.*
- *Amusant ! Il est vrai que dans ce genre d'établissement, la retenue est de mise. Ou alors, ils pensent tous que vous êtes le petit fils du défunt et votre tenue de cérémonie les intimide.*
- *Quoi ma tenue? Qu'est ce qu'elle a ma tenue?*
- *Rien Aurélien, rien. Simplement il y a des règles qu'il est bon de respecter parfois. Comment dire ? Votre toilette n'est pas la plus adaptée à ce genre de situation. On ne porte pas de jean lors d'un enterrement.*

Le déjeuner se déroula dans la bonne humeur. Le jeune homme profita de ce moment pour poser quelques questions. Il souhaitait des éclaircissements sur certains points encore confus, notamment au sujet de Monsieur Marchandot. Il comprit que le groupe de grande distribution auquel il appartenait était en partie la propriété de Victor. Il apprit aussi à cette occasion qu'il bénéficiait officiellement d'un congé sans solde avec obligation de reprise du poste à son retour. Ce mot, RETOUR, à lui seul, aurait été capable de lui couper l'appétit; mais les événements de la matinée l'avaient réellement affamé.

En raison d'une carte aux intitulés trop mystérieux, le jeune homme choisit son plat en s'en remettant au hasard. Pour terminer le repas et à l'initiative de Theodore, ils commandèrent chacun un « *grain de folie gourmande en farandole*». Aurélien paru assez amusé lorsqu'il découvrit qu'il ne s'agissait finalement que d'un simple café accompagné de quelques bouchées sucrées.

- *Je peux encore vous posez une question Théodore?*

Le vieil homme venait de s'allumer une cigarette et se contenta d'un hochement de tête en signe d'approbation.

- *Vous avez parlé d'une opération en me précisant que ce ne serait pas douloureux. Vous compter me faire quoi exactement?*
- *Rien de bien méchant, rassurez-vous. Sans vous dévoiler la suite des opérations, car je laisse ce privilège à Victor, je peux néanmoins vous préciser que vous allez être appareillé d'une prothèse auditive, de lentilles de contact et faire l'objet d'un implant minuscule dans le bras droit. L'intervention est prévue en fin d'après-midi aujourd'hui même. C'est rapide et indolore. Aucun risque. Juste une légère anesthésie locale.*
- *Un implant? Dans le bras? Et un truc comme les vieux dans les oreilles et dans les yeux? Vous savez quoi Théodore? Je préfère ne même pas savoir finalement. Franchement, ne me dites plus rien sur cette intervention!*
- *C'était bien mon intention Aurélien.*

Le déjeuner terminé, les deux hommes regagnèrent le minibus ou Maxime les attendait. Comme à son habitude, il leur ouvrit la porte latérale et en profita pour les informer de leur lieu et heure d'arrivée. Destination l'aérodrome d'Avignon. Décollage de l'hélicoptère dans trente minutes. Temps de vol pour rejoindre Monaco d'une heure environ.

Ce fut aussi, à peu prés, ce que leur dit à son tour le pilote de l'appareil. Il précisa toutefois qu'ils avaient pris place à bord d'un Robinson44 de la compagnie Air Monaco. Que la météo était bonne et qu'ils avaient à leur disposition des rafraichissements.

Au moment du décollage, Aurélien ne put s'empêcher d'agripper ses accoudoirs, surpris, plus qu'apeuré, par la montée soudaine et quasi verticale de l'engin. Le bruit assourdissant qui régnait dans le cockpit obligeait l'utilisation de casque et de micros pour échanger la moindre parole. Par la force des choses, les conversations approfondies laissèrent place à la contemplation silencieuse du paysage. Vu du ciel, le panorama semblait ne pas avoir de limites. Seules les capacités humaines fixaient une extrémité à ce spectacle infini. Même si l'hélicoptère volait à plus de 250kmh il semblait pourtant ne pas se déplacer. Il n'y avait aucun point de repères dans le ciel, rien qui pouvait aider le cerveau à prendre conscience de l'incroyable vitesse de l'engin. Ce paradoxe fascinait Aurélien. Il n'arrivait pas à comprendre qu'une telle prouesse puisse être possible. Il en vint à la conclusion que certaines de ses questions, à tous points de vue, ne nécessitaient pas obligatoirement de réponses. Il devait accepter le fait de ne pas tout comprendre. Le mystère faisait partie de la vie, de sa vie. Lâcher prise. Se laisser aller. Vivre, enfin.

Le paysage montagneux qui s'offrait à eux depuis le décollage, changea peu à peu, presque imperceptiblement. Hameau et village se faisaient plus nombreux dans le décor escarpé. Subitement, Aurélien réalisa qu'il pouvait distinguer au loin le bleu de la méditerranée. Il éprouva à ce moment précis une surprenante sensation de liberté. Theodore n'avait pas menti ni même exagéré, le spectacle était vraiment grandiose. Se tournant vers le vieil homme, il lui adressa un large sourire d'émerveillement.

Monaco se rapprochait. L'hélicoptère survola quelques hauts buildings avant d'entamer sa descente. La piste d'atterrissage se situant juste en bordure de mère, l'appareil semblait vouloir amerrir, mais ce fut bel et bien sur le bitume gris que le pilote, délicatement, posa son appareil. Le moteur coupé, les pales ralentirent lentement et le vacarme insupportable laissa peu à peu place aux cliquetis des ceintures détachées.

- *Bienvenue à Monaco Aurélien !*

15

A la descente de l'hélicoptère, pour changer du Van, une luxueuse berline attendait, à son tour, les deux hommes. En ouvrant les portières, le chauffeur les salua respectueusement. Cette fois, ils s'assirent cote à cote et non plus face à face, comme si le fait de se trouver à Monaco les rapprochait un peu plus.

- *La bonne nouvelle Aurélien c'est que notre trajet va être beaucoup plus court que celui de ce matin. Nous ne sommes qu'à quelques minutes de notre destination.*
- *Et la mauvaise nouvelle?*
- *Ce n'est pas vraiment une mauvaise nouvelle.*
- *Donc la « moyenne » mauvaise nouvelle, c'est?*
- *C'est notre destination.*
- *Pardon? Comment ça notre destination? On va à directement à l'hôpital me transformer en vieux! C'est bien ça? Putain, je déteste les hôpitaux.*
- *Ne soyez pas ridicule Aurélien. Pour votre information ce n'est pas un hôpital mais une clinique privée, très privée.*

Sous le soleil monégasque, la berline noire ne fit que quelques kilomètres avant de s'engouffrer dans un parking souterrain. Les pneus crissèrent sur le sol lustré. Après quelques légers virages, elle s'immobilisa face à une porte vitrée. Le lieu ressemblait plus à une entrée de palace qu'à celle d'une clinique.
La cabine d'ascenseur les mena directement au 12eme étage et s'ouvrit sur un hall d'un blanc immaculé. Cette couleur devait vouloir symboliser la pureté de l'endroit. Néanmoins, son usage à l'excès suscitait un sentiment paradoxalement plus angoissant. Tableaux, fausses plantes, murs, sol, plafond, mobiliers, jusqu'à l'écran télé ne diffusant que cette couleur, tout, absolument tout semblait avoir été

recouvert de cette même peinture blanche. Comme si un fou, muni d'un énorme pinceau, s'en était donné à cœur joie, sans limite aucune.

Si l'effet se voulait rassurant, cette technique ne fonctionnait pas sur Aurélien, qui commençait, lui aussi, à prendre la teinte des lieux. Il se posât la question de savoir si les propriétaires de l'établissement avaient fait appel à un décorateur pour aboutir à un tel résultat. Une idée aussi radicale que celle-ci ne pouvait émanée que d'un esprit trop créatif ou trop dérangé.

Aurélien fut pris en charge par un infirmier et conduit dans une chambre toute aussi immaculée que le hall d'entrée. Les médecins s'y succédèrent les uns après les autres. Prise de sang, examen auriculaire, test de vue. Tous se déplaçaient accompagnés de leurs instruments et autres appareils de mesure. Ils posaient peu de questions, se contentant de noter leurs résultats sur leurs tablettes numériques. Les médecins restaient aussi froids que les lieux.

Après une batterie d'examens, Aurélien fut conduit sans autre explication dans une salle d'opération.

Chirurgien masqué.
Perfusion.
Champ occultant la vision de l'opération.
Bras droit engourdis.
Pansement épais.

L'intervention ne dura qu'une trentaine de minutes, à la suite de quoi, Aurélien fut reconduit directement dans sa chambre sans qu'aucune autre information ne lui fut donnée.

La pièce, assez vaste, contenait un lit ainsi qu'un salon composé d'une table basse et de deux fauteuils. De larges fenêtres, recouvertes d'un film plastique occultant la vue sur l'extérieur, laissaient filtrer une lumière froide. Aucune tache de couleur n'égayer l'ensemble. Seul, dans ce décor lunaire, Aurélien s'interrogea sur la finalité de ces actes médicaux. Pourtant, sans même en connaitre les raisons, il se prêta docilement à cette série d'examens et interventions.

Apres un moment qui lui parut assez long, la porte de sa chambre finit par s'ouvrir enfin. Un homme âgé d'une cinquantaine d'année entra. Costume blanc, cravate blanche, crane rasé, Monsieur Propre mais en plus élégant. Serrant vigoureusement la main d'Aurélien, il lui précisa qu'il avait l'honneur de diriger cette clinique. Le docteur Trintignat expliqua aussi que l'ensemble des examens étant maintenant terminé, la phase d'appareillage pouvait débuter. Il ajouta en commentaire la fierté qu'il tirait à être un des premiers médecins à réaliser un tel projet. Il parla de première mondiale, d'avancée pour l'humanité, mais Aurélien ne l'écoutait déjà plus.

- *Excusez-moi de vous couper mais puis-je vous poser une question Docteur?*
- *Je suis là pour répondre à toutes vos interrogations. Je vous écoute.*
- *C'est vous qui avez eu l'idée de tout recouvrir de blanc ou vous vous êtes fait aider par un professionnel de la décoration?*

Le Docteur Trintignat resta dubitatif et marqua son étonnement par un silence éloquent. Dans son regard, on pouvait lire un certain agacement.

- *Bien, si vous n'avez pas d'autres questions, je vais vous demander de me suivre pour la dernière phase de l'opération.*

Aurélien fut conduit dans une nouvelle pièce sans fenêtres celle la. En son centre se trouvait un fauteuil médical assez imposant, autour duquel trônaient 3 médecins au garde à vous. Le Docteur Trintignat fit signe à Aurélien qu'il pouvait et surtout, devait s'assoir. Un des médecins fit basculer le fauteuil à l'horizontale. Il alluma ensuite un projecteur situé à hauteur du plafond qu'il fit descendre devant le visage d'Aurélien.

- *Aurélien c'est bien ça?*
- *C'est bien ça.*
- *Aurélien, je vais vous demander d'ouvrir grand les yeux afin que je puisse vous y injecter quelques gouttes de sérum. Ainsi fait, je vais vous équiper de deux lentilles, une dans chaque œil. Vous êtes prêt?*

Après avoir procédé à l'injection, le médecin se saisit d'une boite en métal argentée qu'il ouvrit délicatement. Il en retira méticuleusement deux lentilles transparentes qu'il déposa tout aussi minutieusement sur les pupilles d'Aurélien. L'intervention ne prit que quelques secondes.

- *Vous voila avec des yeux tous neufs! Clignez s'il vous plait. Parfait, j'en ai terminé.*

Un autre médecin prit sa place. D'une voix douce et rassurante, il expliqua à Aurélien qu'il allait implanter dans chacune de ses oreilles une minuscule prothèse auditive. Ce qu'il fit avec application, sans laisser au jeune homme le temps de protester.

Les médecins se regardèrent, visiblement satisfaits par leurs différentes interventions. Ils semblaient assez émus. Les bras croisés, le Docteur Trintignat intervint d'une voix solennelle.

- *Messieurs, nous pouvons maintenant passé au test final.*

La pièce fut plongée dans l'obscurité. Nuit artificielle sans étoiles. Soudain, face à Aurélien, un faisceau lumineux imprima sur le mur une image faite de lettres et de chiffres. Le Docteur, assis derrières plusieurs écrans d'ordinateurs prit la parole.

- *Connexion activée, début du test de communication. Aurélien, veuillez fixer l'écran s'il vous plait et rester concentrer sur lui sans dire un mot. Témoin à vous pour transmission. Début de lecture.*

Soudain, une voix métallique résonna dans les oreilles d'Aurélien, en même temps qu'un hautparleur la diffusait dans la pièce. Comme par enchantement, la voix récitait distinctement les caractères qui venaient de s'afficher sur le mur.

- *Témoin vous m'entendez?*
- *Fort et clair.*

Répondit la voix.

- *Messieurs, nous vivons le début d'un grand moment.*

Le docteur pris alors un appareil en forme de raquette de Ping pong et le fit passer au dessus du bandage d'Aurélien. Des leds se mirent à clignoter en rouge, puis en jaune et finirent par se stabiliser sur la couleur verte. Un bip strident retentit de l'étrange appareil.

- *Fin des tests de connections. Tout semble fonctionner à merveille. Vous pouvez rallumer. Comment vous sentez-vous Aurélien?*
- *Comment je me sens? Disons, possédé, un peu comme si un robot habitait mon corps. C'est assez gênant les appareils dans les oreilles. Elle vient d'où cette voix électrique? Je peux me permettre de vous faire remarquer que le son est vraiment mauvais?*
- *Cette gêne va vite se dissiper Aurélien, il vous faut simplement vous habituer. Que voulez-vous dire par un son vraiment mauvais?*
- *Disons qu'il est étrange. La voix qui me parvient dans les oreilles est synthétique. Je ne sais pas si vous comprenez.*
- *Je comprends, mais pour des raisons techniques assez complexes à expliquer, vos prothèses auditives diffusent effectivement une tonalité déformée, synthétisée comme vous dites. La voix que vous entendez provient bel et bien d'un être humain Aurélien. Elle est simplement transformée.*

- *Donc, si je comprends bien Docteur, j'ai dans les oreilles un appareil qui permet à je ne sais qui de pouvoir me parler?*
- *C'est exactement cela. A la nuance pré que ces appareils sont encore des prototypes extrêmement couteux. De vrais bijoux de technologie. Tout comme vos lentilles d'ailleurs.*
- *Et à quoi servent ces lentilles?*
- *Elles sont, comment vous expliquer cela simplement? Elles sont les yeux de votre interlocuteur. Il voit ce que vous voyez. Il peut aussi entendre ce que vous entendez grâce aux micros intégrés aux prothèses auditives. Je ne sais pas si vous avez conscience des possibilités incroyables d'un tel système.*
- *Franchement, je ne sais pas quoi vous dire. On nage en pleine science fiction.*
- *Inutile de vous préciser qu'il vous ai formellement interdit de retirer vos appareils. Seule notre équipe est habilitée à intervenir.*
- *Je veux bien le croire. Je peux vous demander qui est mon, putain j'arrive même pas à croire ce que je suis en train de dire, qui est mon interlocuteur comme vous dites ?*
- *Malheureusement Aurélien, je ne suis pas autorisé à vous livrer cette information. Nous sommes tous tenus au secret. Chacun de nous à signé un protocole de confidentialité extrêmement strict.*

Aurélien n'insista pas. Il savait, encore une fois, qu'il n'obtiendrait pas plus de réponses à ses diverses interrogations. Il fut reconduit directement à l'entrée de la clinique ou la berline noire aux vitres teintées l'attendait à nouveau. Le chauffeur ouvrit la portière arrière. Pas d'autres passagers. Théodore n'était plus la. Aurélien se retrouvait seul pour la première fois depuis qu'il avait quitté son « ancienne vie ».

Seul, il semblait l'avoir toujours été.

16

Berline noire filant sous le soleil monégasque. Scène habituelle dans les rues de Monaco. Seuls quelques touristes s'extasiaient encore devant la débauche de luxe qu'affichait cette ville. Ce n'était pourtant que la partie émergée d'un iceberg d'argent. Peu de privilégiés fortunés se retrouvaient face à la réception d'un palace emblématique. Aujourd'hui c'était le cas d'Aurélien.

Clef de chambre posée sur comptoir en marbre.

- *Bienvenue à l'Hôtel de Paris Monsieur Sartet, nous allons vous conduire à votre suite. Si vous voulez bien me suivre.*

Aurélien n'avait aucune idée du montant qu'il fallait débourser pour avoir le privilège de pouvoir passer une nuit dans une suite de cet incroyable établissement. 70m2 de luxe. Un concentré de raffinement. Osant à peine évoluer dans cet intérieur qui lui était complètement étranger, il se contenta d'écouter docilement le réceptionniste lui expliquant l'ensemble des services et prestations à sa disposition.

- *Enfin, et comme il nous l'a été demandé, voici votre dressing et vos tenues. Nous espérons les avoir disposées à votre gout. Nous vous souhaitons un très agréable séjour Monsieur.*

Son « guide » d'un instant se retira discrètement. Aurélien se retrouva seul face à une penderie remplie de vêtements. Alignement de chaussures vernies, de chemises blanches et autres costumes noirs. L'uniforme de gendre idéal ou du croque mort parfait pensa-t-il.

Sur la table basse, au centre du petit salon, une bouteille de champagne en guise de bienvenue. Aurélien ne se souvenait pas de l'occasion lors de laquelle il en avait bu pour la dernière fois. Un anniversaire sans doute. Une fête quelconque. Pas de cotillons aujourd'hui. Même si ce n'était pas sa boisson de prédilection, il s'empara de la bouteille, d'une coupe, et pris une enveloppe à son attention déposée à coté.

Il se dirigea sur la terrasse de sa suite qui offrait une vue sublime sur la méditerranée. Face à lui, à perte de vue, une mer calme et lisse. Le soleil entamait sa douce descente et le ciel virait au rose.

« Un tel spectacle, ça se fête non ? » se dit-il.

Il fit exploser le bouchon de champagne vers l'horizon puis se servit maladroitement. Il en profita pour s'allumer une cigarette. Il resta un moment face à l'enveloppe cachetée, n'osant l'ouvrir. Il redoutait son contenu. A sa troisième coupe il se décida en déchirant fébrilement son ouverture.

- *En espérant que la vue vous plaise Aurélien.*

Message non signé et plutôt énigmatique. Malgré tout, il ne put s'empêcher de sourire en lâchant à voix haute,

- *Tu m'étonnes qu'elle me plait la vue !*
- *J'en suis ravi Aurélien.*

Ces quelques mots prononcés par une voix synthétique, trop métallique, résonnèrent dans ses oreilles et le firent sursauter. Il se retourna, mais constata qu'il était seul. Il n'avait pourtant pas rêvé et compris finalement que son interlocuteur lui parlait via ses oreillettes. Sous le choc, il se resservit une coupe et s'alluma une autre cigarette.

- *Putain mais qui êtes vous?*
- *Je peux comprendre votre étonnement Aurélien. C'est à peu de choses pré la sensation que j'ai éprouvé en lisant votre annonce. J'en ai presque eu des frissons.*

- *Vous, vous êtes Victor, je ne me trompe pas? C'est bien vous qui parlez directement dans mes oreilles? Je n'arrive même pas à croire que je puisse dire cela.*
- *Ravi de faire votre connaissance Aurélien.*
- *Mais c'est un truc de fou! Vous voyez mes yeux, enfin comment dire, vous ...*
- *Aurélien, comme vous l'expliquait le Docteur Trintignat, je suis connecté sur vos oreillettes. Elles sont aussi équipées de micros qui me permettent de vous entendre. Ainsi nous pouvons communiquer sans que personne autour de vous ne s'en doute. Même si, pour des raisons techniques, ma voix est déformée, je peux vous assurer que c'est bien moi qui vous parle. Les lentilles qui vous ont été implantées sont elles aussi des petits bijoux de technologie. Dans peu de temps, elles révolutionneront la vie de millions de personne. Vous, enfin nous, ensemble, avons le privilège de pouvoir tester cet incroyable système aujourd'hui.*
- *Ok, ok. En gros vous m'avez transformé en, en je ne sais même pas en quoi d'ailleurs? C'est vraiment un truc de dingue! C'est de la pure science fiction! Mais vous êtes où en vrai?*
- *Fixez la ligne d'horizon Aurélien. Voila. Regardez un peu plus à droite. Non, pas autant. Stop. Ne bougez plus, vous voyez ?*
- *Je vois la mer et des bateaux.*
- *Alors vous me voyez.*
- *Comment ça je vous vois?*
- *Physiquement je me trouve sur un de ces navires.*
- *Attendez! Laissez-moi comprendre. Vous voulez dire, enfin je parie que l'énorme bateau au loin, comment dire, c'est vous?*
- *Ce n'est pas vraiment bateau le terme exact Aurélien. On parle plutôt de méga yacht dans ce cas précis. Mais ce navire c'est surtout 60 ans de travail, 60 ans d'efforts quotidiens, 60 ans de stress et de prise de risque, 60 ans de rencontres, une vie de labeur, mais passons. Je vous présente le Black Stone 3, et j'ai effectivement la chance d'en être le propriétaire.*
- *Waou! Franchement, il est superbe! C'est vrai que Theodore m'a un peu parlé de vous et de vos activités. De votre parcours. Je me doute que vous n'avez pas volé votre argent Monsieur. J'ai énormément de*

respect pour, comment vous dire ça, pour l'empire que vous avez bâti seul. Je veux dire, vous avez réussi sans l'aide de personne. Je, excusez-moi mais je suis vraiment surpris en fait, j'ai un peu de mal à trouver les mots justes. Enfin, que ce soit votre navire ou votre parcours, les deux sont impressionnants.

- Aurélien, je vais vous demander de m'appeler Victor. Je ne doute pas que Théodore vous ai dit le plus grand bien sur moi. Il n'a peut-être pas eu le temps de vous dire trop de mal. Cela viendra certainement, je n'en doute pas. Concernant ma réussite comme vous dites, laissez moi vous précisez que l'on ne bâtit pas seul un empire. L'argent n'est qu'un moyen, il y a toujours des hommes derrière. Certains prêts à tout pour y arriver.

- Visiblement vous y êtes arrivé. Bravo. Mais, voyons, je peux vous posez une question Victor? Bon, ok, j'ai compris qu'il ne fallait pas que j'en pose trop ... mais bon, c'est plus fort que moi.

- Je vous écoute Aurélien.

- Comment avez-vous pu avoir accès à mon annonce? Elle n'a jamais été validée?

- Il se trouve que je suis le dirigeant d'un site sur lequel vous avez essayé de la faire publier. J'avais demandé à mes services d'être vigilant et de me faire remonter ce genre de message.

- Je comprends mieux. Mais pour quelle raison avez-vous voulu y répondre? Dans quel but?

- Posez vos yeux sur mon Yacht Aurélien. Vous n'avez aucune idée de son prix. Encore une fois, il ne faut pas compter en millions d'euros mais en milliers de jours d'efforts, de rendez-vous, de discutions, de prises de risques, de larmes, de doute, de nuits blanches. Des millions d'heures passées uniquement à travailler. Cet empire je l'ai voulu, je l'ai construit à la force du poignet en partant de rien. D'absolument rien. Cet empire je ne le paye qu'aujourd'hui. Alors oui, il me rapporte énormément d'argent, mais son cout est exorbitant. Il m'a finalement couté beaucoup plus. Il m'a couté ma vie, ma jeunesse et la famille que je n'ai jamais fondée. Le prix de ce yacht c'est l'ennui, c'est si peu de souvenirs. Vous comprenez ce que j'essaie de vous expliquer?

- A peu près oui. Vous regrettez?

- *Si je regrette ? Je vois dans vos yeux Aurélien, je vois le symbole de ma réussite flotter au loin sur un des plus beaux coins de la méditerranée. Elle est brillante ma réussite, mais elle est aussi très sombre. J'ai aujourd'hui cette impression de ne jamais en avoir vraiment profité. De ne m'être jamais vraiment amusé. De ne m'être jamais, comment dire, lâché. Je suis passé à coté de tant de choses Aurélien. Je ne sais pas si je regrette. Tout ce que je possède aujourd'hui c'est ce que je voulais à un moment donné de mon existence. Je ne peux pas regretter cela. Il faudrait être fou. Je ne pense pas l'être. Mais, finalement, maintenant, à cette minute précise, je donnerais tout pour être à votre place. Tout pour votre jeunesse. Tout pour repartir à zéro. Tout absolument tout. Cela répond à votre question ? Vous comprenez mieux les raisons pour lesquelles vous êtes ici ?*
- *Je crois commencer à comprendre Victor.*
- *Nous allons arrêter la pour aujourd'hui Aurélien. Je n'aime pas les apitoiements. Une dernière chose avant de vous quittez. Sur votre table de nuit, vous trouverez une autre enveloppe. Elle contient une carte de crédit. Son code est le 1206. Je pensais que votre date de naissance serait plus simple à retenir. Pour ce soir je vous conseille le restaurant ou le bar de l'hôtel. Je vous souhaite une bonne soirée Aurélien. Amusez-vous bien, j'y compte.*
- *Merci beaucoup Victor. Vous, comment dire, vous « restez » avec moi ? Enfin je veux dire vous continuez à écouter et à regarder ?*
- *Vous posez trop de questions Aurélien.*
- *Ok, ok. Plus de questions. Juste une remarque. Votre voix est vraiment électrique. C'est presque comme si une machine s'adressait à moi. Il n'y a aucun réglage à faire pour changer ça ? Une modification pour la rendre plus humaine n'est pas envisageable ?*
- *Non, c'est impossible. Vous allez devoir vous y habiter. Le débat est clos. Bonne soirée Aurélien.*

La nuit était presque tombée. Monaco commençait à s'illuminer. Aurélien se resservit une coupe de champagne. Il continua à fixer le navire, essayant d'imaginer Victor à son bord. Seul devant un écran froid, des larmes dans les yeux, le cœur empli d'amertume.

17

Première douche dans un palace 5 étoiles. Changement de look. Terminé le jean bon marché et le t-shirt fantaisie. Tenue de marque de rigueur. Uniforme premier de la classe.

Gendre idéal intimidé, assis sur un haut tabouret face à un barman cravaté.

- *Bienvenue au Bar Américain Monsieur. En quoi puis je vous satisfaire?*

Le « bar Américain » ne ressemblait en rien au reste du palace. L'ambiance y était plus cosy. Moquette épaisse et foncée, fauteuils en cuire sombre, bois verni, lumières tamisées. Dans un coin de la salle, un piano à queue restait étonnamment muet.

Aurélien avait choisi le contact direct avec le barman. Il trouvait ca plus agréable que de rester seul attablé face à son verre.

Des centaines de bouteilles offraient un choix qui paraissait infini. Il supposait qu'ici, pas une seule boisson ne manquait et que finalement, trop de choix tuait le choix. Il laissa donc le barman décider pour lui. Ce dernier fit tournoyer son shaker après y avoir versé un savant mélange de différents alcools et autre jus de fruit. Aurélien fut étonné de sa saveur lorsqu'il gouta le résultat. Il se dit qu'une simple bière aurait certainement fait l'affaire, mais il félicita tout de même l'auteur du cocktail, sans lui préciser qu'il le trouvait beaucoup trop acide.

Quelques clients discutaient tout en sirotant leurs boissons colorés. Cà et la de petits groupes, trois ou quatre couples, un homme seul assez âgé concentré sur une revue. Une jeune femme charmante tapotant sur son Smartphone. Tous très élégants, ils composaient la clientèle raffinée de l'établissement. Les conversations se faisaient à voix basse. Quelques éclats de rire cassaient cette atmosphère feutrée.

Aurélien contemplait l'amuse bouche que le barman venait de déposer face à lui. Il n'avait aucune idée de ce que ce pouvait être, ni la manière de le déguster. Une seule bouchée ou pas?

- *Je vois que Bertrand vous a servi sa spécialité. Vous appréciez?*

Trop concentré dans son face à face culinaire, Aurélien n'avait pas prêté une attention particulière à la femme au Smartphone. Elle s'était levée et se tenait maintenant à ses cotés. Talon hauts, jambes interminables, jupe courte, chemisier décolleté, cheveux longs et blancs, sourire aux lèvres rouges.
Aurélien, sans voix, paille dans la bouche, réalisa le ridicule de sa posture.

- *Ha oui, elle est très bonne, enfin je veux dire sa spécialité, c'est très bon. Je, j'aime bien oui. Je ne savais pas trop quoi prendre, du coup, j'ai, enfin, non c'est bien, vraiment.*
- *Je peux ?*

La jeune femme fixait le tabouret vide à coté d'Aurélien d'un air interrogatif.

- *Ha oui, bien sûr, je vous en prie.*

Elle s'assit aussi élégamment que l'aurait fait une dame du monde face à un jury d'expert en bonne manière. Elle déposa son sac à main à ses cotés et en sortit un étui à cigarette argenté.

- *Vous aussi vous fumez Madame? Je peux vous offrir un verre?*
- *Une coupe de Champagne Bertrand s'il vous plait, nous sommes sur la terrasse. Vous m'accompagner cher Monsieur?*

- *Avec plaisir.*

De plus grande taille, et certainement un peu plus âgée qu'Aurélien, la jeune femme semblait bien connaitre l'établissement. Elle y était alaise. Sur la terrasse extérieure, elle s'installa dans un fauteuil confortable et invita Aurélien d'un simple geste de la main à s'assoir face à elle. Jambes pliées, cigarette blanche sur lèvres rouges, la jeune femme se pencha doucement vers Aurélien dans l'attente de feu. Ce dernier précipita maladroitement sa main dans la poche de son pantalon pour en extraire son briquet. Il le fit rapidement claquer entre ses doigts tremblants. La flemme illumina les yeux verts de l'inconnue. Dans une bouffée de fumée, la jeune femme se cala dans son fauteuil.

- *Merci. Moi c'est Charlotte.*
- *Enchanté, moi c'est Aurélien. J'adore cette vue sur la mer, j'ai la même depuis ma chambre.*
- *Vous séjournez ici?*
- *J'ai une suite juste au dessus. Et vous?*
- *Je suis simplement passée prendre un verre pour me détendre avant un diner d'affaire. J'aime beaucoup cet endroit. C'est reposant et vous avez raison le panorama y est magnifique. Je suis une habituée des lieux, par contre je ne vous y ai jamais vu. Que faites vous dans la vie Aurélien si ce n'est pas trop indiscret?*
- *Ce que je fais dans la vie? En voilà une bonne question. Je, je suis dans la grande distribution. Je suis ici pour quelques jours. Je ne sais pas trop en fait. Mais c'est compliqué. Et vous Charlotte, que faites vous si ce n'est pas indiscret?*
- *Je dirige une société d'événementiel, moi aussi c'est compliqué. Vous auriez l'heure s'il vous plait?*
- *L'heure? Ha non c'est une chose que je n'ai pas. Désolé. Pas de montre.*
- *Ne vous excusez pas Aurélien. Ce n'est pas grave, étonnant mais pas grave.*
- *Etonnant? Vraiment? Pourquoi?*

- *Pourquoi? Rares sont les hommes d'affaires à ne pas porter de montre. Habituellement ils aiment assez l'exhiber. C'est un peu comme leur voiture mais au poignet.*

Charlotte se mit à rire. Ses yeux scrutèrent Aurélien qui ne sut quoi répondre. Elle écrasa sa cigarette et approcha doucement sa coupe de Champagne à ses lèvres. Elle la bu presque à moitié. De son sac elle tira son Smartphone et le déposa sur la table. Elle vérifia l'heure qu'il indiquait, puis fixa de nouveau Aurélien d'un regard perçant.

- *Vous m'intriguez Aurélien.*
- *Pardon?*
- *Vous m'intriguez. Votre âge, votre situation.*
- *Ma situation?*
- *Vous êtes très jeune pour occuper un poste à responsabilité dans la grande distribution. Je veux bien vous croire, mais vous m'auriez parlé d'immobilier ou d'art je n'aurais pas douté de votre activité. Mais qu'importe, cela n'a aucune espèce importance. Ravie tout de même de faire votre connaissance. J'ai encore un peu de temps avant mon diner, si nous en profitions pour prendre un autre verre?*
- *Avec plaisir Charlotte, mais un verre c'est peut-être un peu léger non? Vous seriez choquée si, voyons, si je commandais plutôt, disons, une bouteille?*
- *Aurélien, il en faut beaucoup plus pour me choquer. C'est surprenant mais pas choquant. Très bonne initiative. Je valide.*

Assez fier de lui et de son petit effet, Aurélien se leva d'un bond pour se diriger vars le bar. Il passa commande d'une bouteille de champagne en précisant qu'il voulait la même marque que celle qui avait été servi à la jeune femme. Le barman lui fit signer une fiche où figuraient son numéro de chambre et le montant des consommations. Aurélien n'imaginait pas qu'une simple bouteille de champagne pouvait avoisiner le prix de son ancien loyer.

De retour à sa table, il trouva Charlotte occupée à tapoter sur son Smartphone qu'elle posa à son arrivée. Elle lui adressa un grand sourire presque forcé. Ils parlèrent encore de la vue incroyable. De la température agréable pour la saison. La conversation dévia sur la ville de Monaco et des célébrités qui fréquentaient cet établissement. Elle lui fit presque un exposé sur les charmes cachés de la ville, autant de précisions dont il se foutait complètement à cet instant. La jeune femme était aussi élégante qu'attirante. Son décolleté laissait apparaître les courbes de ses seins qu'Aurélien n'osait trop fixer du regard.

- *Ce sont mes cheveux que vous regarder Aurélien ? Original non?*
- *C'est très joli mais c'est curieux comme couleur, ultra blond ou blanc?*
- *Iceberg, Aurélien. C'est le nom de la couleur. Et si vous me posez la question, je ne suis pas une vraie Iceberg. Vous voulez vérifier?*

A ces mots Aurélien faillit s'étouffer avec son Champagne tandis que Charlotte se mit à rire comme une enfant.

- *Malheureusement, je vais finalement devoir y aller. vous m'accompagner jusqu'à mon rendez-vous? C'est juste en face de l'hôtel. Le restaurant se trouve de l'autre coté de la place.*
- *Déjà ? Quel dommage! Mais oui je vous raccompagne.*

Lorsqu'ils passèrent devant le barman, ce dernier les salua en leur souhaitant une bonne fin de soirée. Soudain, alors qu'ils quittaient la salle, Charlotte s'arrêta et se rapprocha d'Aurélien.

- *Vous ne m'avez pas répondu.*
- *Je n'ai pas répondu à quelle question Charlotte?*
- *Vous ne souhaitez pas vérifier?*

Le jeune homme, malgré ou à cause du Champagne, resta bouche bée, ne sachant trop comment réagir. Il dévisagea Charlotte de bas en haut en se grattant la tête. Elle le fixait du coin de l'œil d'un regard coquin puis, prit sa main pour la plaquer sur son bas ventre. Alors qu'Aurélien retenait sa respiration elle la fit descendre et la glissa sous sa jupe. Il sentit la douce étoffe de ses dessous puis la chaleur de sa peau en y immisçant timidement ses doigts. Il constata qu'il n'était pas possible de vérifier si Charlotte était une vraie Iceberg ou pas.

18

Diner seul n'était pas un problème pour une grande majorité de personne, contrairement à Aurélien qui trouvait cela d'une tristesse absolue. Pour cette raison, il avait préféré regagner sa chambre directement après le départ de Charlotte. Longue et éprouvante, la journée avait eu raison de son excitation. Il s'effondra sur son lit sans même prendre la peine de se déshabiller et trouva aussitôt le sommeil.

Au petit matin, la sonnerie mélodieuse du téléphone le réveilla en sursaut. Il eu du mal à comprendre où il se trouvait. Il lui fallut quelques secondes pour réaliser qu'il n'avait pas rêvé. Il décrocha non sans peine le combiné posé sur la table de nuit.

- *Bonjour Aurélien, je vous réveille?*
- *Un peu oui, mais c'est pourquoi? Qui êtes-vous?*

La voix pâteuse, et l'esprit embrouillé, le ton d'Aurélien fit comprendre à sa correspondante qu'elle n'était pas vraiment la bienvenue. Il constata que le soleil était levé mais n'avait aucune idée de l'heure. Impression désagréable de ne pas avoir assez dormi. Envie de raccrocher et d'impolitesse verbale.

- *Moi aussi ça me fait plaisir de vous entendre. Je me disais que comme vous avez l'air d'apprécier ma compagnie, nous pourrions aller déjeuner ensemble sur Cannes. Je dois visiter une villa pour y organiser une soirée. Vous m'accompagner?*
- *Charlotte? C'est vous? Putain mais quelle heure il est? Et comment avez-vous …*

- *Parfait, je suis ravie, disons midi dans le hall de votre hôtel, à toute à l'heure.*

Elle raccrocha brusquement et la tonalité froide du combiné finit de le réveiller ou d'achever Aurélien. D'un bon, il sauta hors du lit pour se précipiter vers la salle de bain. Sa course fut stoppée par la sonnerie du téléphone qui retentit à nouveau. Demi-tour maladroit sur le marbre blanc.

- *Bonjour Aurélien, j'espère que vous avez passé une bonne nuit. Je vous attends sur la terrasse du restaurant pour un frugal petit déjeuner. Dépêchez-vous, je suis assez pressé.*

Il n'u pas le temps de répondre ni même de protester, que son interlocuteur, lui aussi, raccrocha sèchement. A croire que son avis ne comptait ni pour Charlotte ni pour Théodore. Ce dernier venait de le sommer de se dépêcher, mieux valait ne pas trop le faire attendre. Aurélien se déshabilla précipitamment. Entre son lit et la douche, il éparpilla ses vêtements qui restaient à même le sol. Enfin l'eau chaude ruisselait sur son corps et il semblait revivre peu à peu.

- *Un véhicule va vous être nécessaire, non?*

Encore une fois le jeune homme sursauta. Il réalisa qu'il lui faudrait du temps avant de s'habituer aux intrusions vocales de Victor dans ses oreilles.

- *Bonjour Victor. Il n'y aurait pas un moyen de prévenir quand vous décidez de me parler, histoire que je ne frôle pas l'arrêt cardiaque à chaque fois?*
- *Cette option n'est pas prévue, et merci de fermer les yeux ou de regarder droit devant vous quand je vous parle sous votre douche.*
- *Ho putain, merde, excusez-moi, c'est très gênant en fait!*
- *Assez oui. Donc, si j'ai bien compris, une certaine Charlotte souhaite que vous la conduisiez sur Cannes? Vous liez vite connaissance. C'est très bien. Il va donc vous falloir une voiture n'est-ce pas?*

- *Ha oui, effectivement. Mais il doit y avoir un loueur dans le coin. Je vais m'en occuper. Il faut aussi que j'achète une montre, je ne sais jamais quelle heure il est!*
- *Un loueur? Un loueur de voiture? Que vous êtes amusant et naïf! Théodore vous attends, il vous expliquera, je lui ai déjà laissé mes consignes. Dépêchez-vous et surtout habillez-vous. A bientôt*

Pour gagner du temps, Aurélien se brossa les dents devant sa penderie. Il avait le choix entre chemise blanche ou chemise blanche et veste noire ou noire. Même chose concernant les pantalons. L'avantage d'une telle situation résidait dans la rapidité du choix pensa-t-il.

Il quitta précipitamment sa suite pour rejoindre la terrasse du restaurant où Théodore, plongé dans la lecture d'un quotidien local, l'attendait. Le vieil homme semblait fatigué, comme si lui aussi avait passé une nuit trop courte ou trop agitée. Il ne prit pas la peine de regarder Aurélien qui venait de prendre place face à lui, ses yeux restant fixés sur un article de presse.

- *Vous en avez mis du temps! Ayez la gentillesse d'aviser le serveur que nous avons fait notre choix. Pour moi ce sera un chocolat chaud. Merci.*

Même si la froideur du vieil homme le surprit, Aurélien s'exécuta sans broncher. A son retour, Théodore, visiblement de sale humeur, posa enfin son journal d'un geste agacé.

- *Excusez mon irritation mais certains articles m'exaspèrent. Passons, comment s'est passé votre première nuit monégasque?*

Aurélien raconta avec enthousiasme sa soirée de la veille, sa rencontre avec une jeune fille prénommée Charlotte, la bouteille de champagne mais omis de préciser l'épisode « Iceberg ».

La table du petit déjeuné se remplissait de jus de fruits, de viennoiseries et autres plats salés et sucrés. Les serveurs tournaient autour en ne cessant d'y déposer de nouveaux mets.

- *Donc, si j'ai bien compris Aurélien, il vous faut une voiture?*
- *Je vois que Victor vous en a déjà parlé. Effectivement il faudrait me dire ou je peux ...*
- *Ne vous fatiguez pas. Victor vous prête un de ses véhicules. Il les collectionne. Une très belle collection soit-dit au passage. Je vous préviens, ce n'est pas vraiment le genre de voiture que vous avez l'habitude de conduire. J'ai peur que cela vous change de votre vieille Peugeot.*
- *Ma vieille Peugeot? Mais comment savez-vous que ...*
- *Je me demande même si vous en avez déjà vu une en vrai.*
- *Oulla je sens que ça va me plaire! C'est une voiture de sport? Elle est rouge? Je l'ai quand? Je ...*
- *Rouge? Vous en souhaitez une rouge? Avec une grande échelle aussi? Non jeune homme, au risque de vous décevoir elle est blanche. Mais si cela peut vous consoler, elle est italienne.*

Sans voix, comme paralysé par la nouvelle, Aurélien regardait Victor avec des yeux écarquillés. Encore une fois tout se troublait dans son esprit. Il n'arrivait plus à penser, à comprendre ce qu'il se passait, à mesurer cette sensation incroyable que l'on appelait bonheur.

- *Théodore, ça vous embêterait de me pincer? Je suis certain de rêver la.*
- *Je n'ai aucune intention de vous pincer. Par contre je peux vous casser le nez si vous insistez. Fermez-moi cette bouche et remettez-vous. C'est extrêmement agaçant ce visage déformé. Je peux comprendre votre surprise, mais Victor ne vous prête qu'une Aventador. Il va vraiment falloir vous habituer à votre nouvelle vie et à tout ce qui va avec.*
- *Une Aventador? C'est bien ce que vous avez dit? Une Lamborghini Aventador? Ho putain!*

- *Je ne rigole pas Aurélien, je vous écrase la tête dans vos œufs brouillés si vous ne fermez pas la bouche immédiatement! Bien, il est 10h55, un de nos chauffeurs vous la livre à midi devant l'entrée de l'hôtel. Excusez-moi mais j'ai à faire. Je vous laisse.*

Théodore se leva, écrasa d'un geste sec la cigarette qu'il venait d'allumer et fixa Aurélien d'un regard froid. Son bras tremblotait. Il avait l'air terriblement en colère. Il baissa les yeux, songeur. Il se retourna brusquement et parti sans ajouter un mot.

19

Monaco était une ville qui pouvait se targuer du nombre insolant de voiture de luxe en circulation. A croire qu'ici plus qu'ailleurs, il fallait absolument posséder un tel véhicule pour exister. Signe extérieur de richesse par excellence. Aurélien s'en rendit compte en faisant les cent pas devant l'immense escalier en pierre du Palace. Le défilé de carrosseries hors de prix était incessant. A chaque vrombissement de moteur, son cœur s'arrêtait de battre. Mais les fausses alertes se succédaient. Comme un enfant guettant l'arrivée du père noël, ne sachant quel coin de rue surveiller, son regard scrutait tous les angles possibles en partant dans tous les sens.

- *Vous allez finir par me faire vomir Aurélien si vous continuez ainsi.*
- *Victor ? Ho je, je ne sais comment vous remerciez de me prêter une si belle voiture. C'est trop. Vraiment. C'est un de mes rêves qui se réalise aujourd'hui. Je n'arrive même pas à y croire.*
- *Remettez-vous, Aurélien. Ce n'est rien qu'une voiture, une belle voiture certes, mais juste une voiture, rien de plus. De la vulgaire tôle à prix d'or. Vous êtes un excellent conducteur. Je ne suis pas inquiet. Elle ne devrait pas tarder à arriver maintenant.*

Victor ne se trompait pas. Sa phrase à peine achevée, le bolide blanc s'approchait doucement pour venir s'immobilier devant l'entrée du Palace. Aurélien bouscula le portier qui s'approchait du véhicule afin d'accueillir ce qu'il pensait être un client fortuné.

- *Hop hop ! Non non, c'est bon je m'en occupe, c'est pour moi merci !*

Aurélien, dans un état d'excitation proche de l'apoplexie, fut surpris quand la porte du conducteur s'ouvrit. Ne sachant visiblement pas que sur ce model la portière s'ouvrait à la verticale il faillit la recevoir en pleine tête. Au volant, se trouvait Max. Sourire aux lèvres, il appuya un petit coup sur la pédale d'accélération afin de faire hurler le moteur.

- *Ho putain! Max, quelle surprise et quel bruit! J'y crois pas !*
- *Quel bruit? Je dirais plutôt quelle mélodie oui! Spet cent chevaux Aurélien. Ça change du Van d'hier non? Joli jouet en tout cas. Elle est à vous, je vous la confie, le plein est fait. Vous pouvez partir tranquille. Mais avant tout laissez-moi vous expliquer deux ou trois choses histoire que vous puissiez la piloter. Ce n'est pas franchement une voiture classique.*

Max laissa sa place à Aurélien, grand sourire aux lèvres, petites larmes à l'œil. Un gamin dans un vaisseau spatial. Quelques consignes furent données, quelques explications techniques, quelques conseils prodigués comme un professeur l'aurait fait à son élève attentif. Le bolide était si bas que l'instructeur, plié en deux, se contorsionnait afin de se mettre au niveau du conducteur. Les observations terminées, et avant de prendre congé de son élève, le visage de Max se fit plus sévère. Son regard s'assombrit.

- *Je vous laisse Aurélien. Allez faire un petit tour histoire de la prendre en main. Dernière chose que je voulais vous dire. Méfiez-vous. Méfiez-vous Aurélien. Je ne plaisante pas.*

Max se releva et rabattit la portière. Il fit un petit signe, deux doigts sur le front, comme l'aurait fait un militaire à un pilote de chasse avant le décollage. Le bolide démarra en trombe dans un bourdonnement assourdissant. Au premier feu rouge, Aurélien faillit s'écraser le nez sur le tableau de bord. La voiture accélérait avec autant de puissance qu'elle ne freinait.

- *Si vous pouviez éviter de me l'emboutir de suite je vous avoue que j'apprécierais. Elle vous plait?*
- *Si elle me plait? Elle est incroyable! Merci Victor, vraiment. Je ne sais même pas quoi ajouter, franchement là je suis sur un nuage.*

- J'en suis ravi. Je me suis permis de vous réserver une table à votre nom sur la plage du Carlton. Je me dis que l'endroit pourrait être agréable avec cette météo clémente. Bonne route et bon appétit.

Perdu dans son bonheur du moment, Aurélien ne répondit pas. A peine avait-il entendu et surtout compris le propos de Victor. Le Carlton, la plage, le déjeuner. Il avait bien sur déjà entendu parler du lieu mais ne savait absolument pas où il se situait dans Cannes.

De retour devant le Palace, Aurélien constata que Max avait disparu. Il stationna face à l'entrée. Le voiturier, toujours aussi réactif, se dirigea vers lui.

- Madame Charlotte vous fait dire qu'elle vous attend dans le lobby Monsieur. Souhaitez-vous que je m'occupe de votre véhicule?
- Merci, mais pas la peine, nous repartons.

Sous les yeux amusés de quelques témoins, Aurélien eu du mal à s'extraire de la Lamborghini.

Le lobby du Palace, bien que gigantesque, n'empêcha pas le regard d'Aurélien d'être immédiatement attiré par la jeune fille. Sous un immense chapeau, ses longs cheveux blancs retombaient sur une robe aussi noire que sexy. Charlotte avança vers lui d'un pas assuré et lui déposa un baiser appuyé sur la joue. Elle prit alors son bras et l'entraina d'où il venait.

- Vous avez bien dormi Aurélien? Je suis ravie que vous ayez accepté de m'accompagner sur Cannes. Mon rendez-vous n'est qu'à 16h ce qui, comme je vous le précisais, nous laisse le temps de déjeuner ensemble.
- Mais moi aussi je suis ravi Charlotte. Je ne connais pas Cannes mais il parait que le Carlton est plutôt sympa. Ça vous dit? Enfin, j'espère car j'ai déjà réservé.

La jeune femme s'arrêta une fois les portes du Palace franchit. Elle baissa ses lunettes de soleil et scruta Aurélien des yeux.

- *Mais en plus d'être charmant vous êtes attentionné. Un vrai gentleman. Bien évidemment que j'en suis ravie. Je ne peux qu'accepter votre invitation avec un très grand plaisir.*
- *Et bien dans ce cas, si Madame veut bien me suivre.*

Aurélien s'avança en direction du bolide blanc. D'un geste maladroit il sortit une télécommande de sa poche et une pression de doigt plus tard les portes papillons s'ouvrirent. Dans un grand sourire émerveillé il se retourna vers Charlotte.

- *Votre carrosse Madame !*

Elle ne parut ni épatée ni même surprise. Elle remit en place ses lunettes de soleil comme aveuglée par la blancheur insolente du véhicule. Elle esquissa un petit rictus et lança d'une voix forte,

- *Wow! C'est vous qui avez la plus grosse!*

Aurélien se mit à rougir instantanément et se précipita vers elle dans le but de calmer ses bruyantes réflexions futures.

- *Pardon? Comment ça j'ai la plus grosse ? Qu'est-ce que ...*

Charlotte se mit à rire. Puis, d'un geste rapide, vint coller sa main sur l'entrejambe du jeune homme.

- *Je parlais de la voiture Aurélien. En ce qui concerne ce que je tiens dans ma main je ne peux pas me prononcer. Souvenez-vous de ce que je vous disais sur la virilité masculine hier soir.*

Elle lâcha sa prise, et comme si de rien n'était alla prendre place calmement du coté passager.

Avant de se précipiter à son tour derrière le volant, Aurélien adressa un sourire gêné au voiturier témoin de la scène. Il appuya sur le démarreur et le moteur se mit à rugir.

- *La grande distribution? C'est bien ça Aurélien?*
- *Pardon?*
- *Vous êtes dans la grande distribution?*
- *Je, comment, c'est-à-dire que ...*
- *Laissez tomber Aurélien, je vous taquine. Encore une fois cela n'a aucune espèce d'importance. Montrez-moi juste vos mollets.*
- *Mes mollets? Vous voulez voir mes mollets?*
- *Exactement.*

Aurélien, sans chercher à comprendre, tira sur ses pantalons pour satisfaire à la demande incongrue. Charlotte se pencha vers lui tout en bouclant sa ceinture de sécurité.

- *Vous faites toujours ce que l'on vous demande sans broncher?*
- *Presque toujours oui. Mais pourquoi vouliez-vous voir mes mollets?*
- *Afin de vérifier deux points. Le premier pour savoir à quel point vous étiez obéissant, le second pour vérifier que vous ne portiez pas de bracelet électronique. On ne sait jamais. Mais me voila rassurée. Nous y allons?*

20

Autoroute A7. Triple voix dans les deux sens. Paysages escarpés. Mer d'un coté, montagne de l'autre. Bolide blanc sur asphalte noir. Genoux dorés sur fauteuils cuir. Péage aux barrières rouge. Uniformes bleu. Képis. Regards sévères.

- *Bonjour Monsieur, Gendarmerie Nationale. Coupez le moteur et présentez moi votre permis, la carte grise et l'assurance du véhicule s'il vous plait.*

Face au gendarme, Aurélien n'en menait pas large. Persuadé d'avoir était pris en excès de vitesse, sa main tremblait lorsqu'il ouvrit le vide poche ou devaient se trouver les pièces demandés. Charlotte, complètement détendue profita de cette pause pour s'extraire de la voiture et s'allumer une cigarette.

Lorsqu'il ouvrit le vide poche, Aurélien crut mourir. Les papiers se trouvaient bien la, mais accompagnés d'un revolver. Maladroitement il s'empara des documents et referma précipitamment la trappe. Il les tendit au gendarme et priant pour qu'il n'ai rien vu. Visiblement le regard de ce dernier préférait se porter en direction de Charlotte.

- *Le véhicule est à vous Monsieur?*
- *Répétez après moi et ne cherchez pas à comprendre. C'est une voiture de société. Elle appartient à ma société.*
- *Monsieur? Vous m'entendez? Cette voiture vous appartient?*
- *Oui, heu, c'est une voiture de société. Elle appartient à ma société.*
- *Ça ne va pas Monsieur?*
- *Si si, tout va bien.*

- *Je vais vous demander de m'accompagner Monsieur. Un petit test d'alcoolémie et je vous libère, où pas. Votre amie à le permis de conduire au cas où ?*
- *Comment ça au cas où ? Vous plaisantez ou quoi, je n'ai rien bu !*
- *J'ai l'air de plaisanter ? Suivez-moi s'il vous plait.*

Aurélien, après avoir soufflé dans l'alcool test, commença à réaliser qu'il ne risquait rien. Il n'y avait pas eu de contrôle radar, les papiers étaient tous en règles et surtout personne n'avait remarqué ce que contenait le vide poche. D'un pas plus détendu, il regagna son véhicule et s'installa au volant. Sur son visage, les couleurs étaient revenus. Il remercia le gendarme pour ses compliments sur le bolide. Même si le terme « belle carrosserie » avait été employé, Aurélien se demandait si le brigadier parlait vraiment de la Lamborghini. Une fois derrière le volant, il ne prit pas le risque d'ouvrir à nouveau la boite à gant.

Charlotte écrasa sa cigarette sur l'asphalte en adressant un petit sourire aux forces de l'ordre. Visiblement, pour elle, entrer ou sortir de ce genre de véhicule ne lui posait aucun problème particulier. Elle s'installa avec grâce. Sa robe relevée plus que nécessaire laissa les spectateurs sans voix. Elle referma la portière en leur adressant un petit signe de la main.

- *Je rêve ou vous étiez pétrifié de trouille jeune homme ?*

Aurélien remis le contacte et démarra doucement sans dire un mot. Visage sévère. Regard fixé sur la route.

- *Aurélien ? Tout va bien ?*
- *Heu oui pardon, excusez moi je pensais à autre chose. Non je n'étais pas terrorisé, juste inquiet de m'être fait prendre au radar, je n'ai plus beaucoup de points sur mon permis c'est pour ça.*
- *Ce n'était qu'un petit contrôle de routine. Les flics sont très souvent à ce péage. J'aurais du vous prévenir, vous n'êtes pas habitué…*

Aurélien n'écoutait plus. L'image du revolver dans la boite à gant l'obnubilait. Il ne comprenait pas comment et pour quelle raison une arme pouvait se trouver à cette place. Même s'il ne cherchait plus à tout expliquer, cette situation le perturbait. Théodore ou Victor était-ils au courant? Il n'en avait aucune idée. Seule certitude, Victor était « présent » lors du contrôle de gendarmerie, lui soufflant des instructions biens utiles. Il aurait pu le laisser s'enfoncer, ce qui n'avait pas été le cas. Bien au contraire, il lui avait été d'une aide précieuse. Pouvait-il être responsable de la présence du revolver dans la voiture ? A ce moment, comme un flash, Aurélien se souvint de la remarque de Maxime. « Méfiez-vous. » Peut-être ne voulait-il pas parler de la voiture. Mais de qui ou de quoi devait-il se méfier? Pour quelle raison ? La farandole d'interrogations commençait à s'installer tranquillement mais surement dans son esprit. Mécanique implacable. Il le savait pourtant bien, ce n'était pas le moment de spéculer sur tel ou tel hypothèse. Il lui fallait à tout prix penser à autre chose et se contenter de profiter de l'instant présent.

- *Aurélien ? On vient, enfin, vous venez de louper la sortie pour le Carlton. Vous le dites si je vous dérange dans vos rêveries.*
- *Excusez-moi Charlotte, c'est vrai j'étais vraiment perdu dans mes pensées. Désolé, vous disiez?*
- *La sortie en direction du Carlton, vous venez de la passer. Ce serait bien de ne pas louper la prochaine. Je n'ai rien contre les détours mais je dois vous avouer qu'il me tarde d'être arrivée.*
- *Merde! Ça va nous faire faire un long détour?*
- *Oseriez-vous me faire le coup de la panne ou des raccourcis qui ne mènent à rien? Je vous préviens que si c'est le cas je vais être de très mauvaise composition.*
- *Non non, pas du tout, je vous écoute. Dites moi par ou passer, je ne connais pas la route. Vraiment.*

Ainsi Charlotte s'appliqua à jouer le GPS de substitution. Elle indiquait l'itinéraire à prendre tout en commentant les quartiers traversés. Longue liste de boutiques et d'anecdotes locales. Bruit assourdissant du moteur dans les tunnels et rue trop étroites. Soudain, comme sorti de nulle part, le front de mer apparut face à eux.

- *Et voila la croisette Aurélien. Vous pouvez tourner à droite nous y sommes presque.*
- *Vous pensez que nous allons trouver une place de parking facilement par ici?*
- *Pardon? Une?*
- *Vous êtes sérieux Aurélien quand vous posez une telle question ou c'est de l'humour?*
- *Pourquoi? Où est le problème?*
- *Le problème? Mais de quoi parlez-vous Aurélien? Charmant, gentlemen et plein d'humour ! Vous incarnez le gendre idéal finalement.*
- *Pensez-vous sérieusement qu'en ayant une réservation au restaurant de la plage du Carlton et en y arrivant dans une voiture à plus de 200 000 € vous allez vous garer au parking public? Vous avez des pièces pour le parcmètre au moins? Votre naïveté m'amuse tellement. Vous allez vous garer devant l'entrée du Palace et le voiturier vous recevra comme un ministre. Compris?*
- *Oups, désolé je n'avais pas réalisé. Mais en même temps je n'ai pas vraiment l'habitude.*
- *Vous n'aviez pas réalisé symboliser le gendre parfait? Désolé de vous décevoir mais je ne compte pas vous demandez en mariage pour autant, aussi parfait que vous puissiez être.*
- *Non je voulais dire, je n'ai pas l'habitude de la croisette. Vous avez des pièces pour l'horodateur Charlotte?*

La jeune femme baissa ses lunettes de soleil pour lancer un regard amusé à Aurélien. Sans daigner lui répondre, elle plongea sa main dans son sac d'où elle en sortit son rouge à lèvre. Elle s'appliqua à se remaquiller alors que la Lamborghini venait de s'immobiliser face à l'entrée du Palace Cannois. Le voiturier salua respectueusement Aurélien en tendant la main pour réceptionner les clefs du véhicule. En échange, Aurélien reçu une plaque en métal gravée d'un numéro.

- *Je ne gagne pas au change. Vous y faites bien attention surtout. Merci. Papa revient très vite. Sois gentille avec le Monsieur.*

Les jeunes gens, sourires aux lèvres, furent conduit à leur table face à la méditerranée.

21

Depuis des décennies, la cote d'azur offrait à quelques privilégiés fortunés, des endroits d'exception. La plage du Carton comptait parmi ces lieux ou l'argent et le luxe allaient de paire. Vue imprenable sur la méditerranée, aditions à quatre chiffres, clientèle aussi selecte qu'exigeante. Beaucoup fréquentaient l'endroit pour y être vus mais aussi par curiosité de constater qui s'y trouvait. Charlotte et Aurélien n'échappèrent pas à cette règle immuable des lieux qualifiés de branchés. Echange de regards discrets. Vison panoramique.

Face à la mer sereine, les jeunes gens, pieds dans le sable, commandèrent une bouteille de Champagne. Il y avait des habitudes qu'il ne fallait pas perdre. Aurélien insista sur ce point.

- *Vous n'êtes pas sans savoir que j'ai un rendez-vous dans peu de temps? Il faut que je surveille ma consommation Aurélien. Petit rappel, si c'est une ruse pour m'avoir dans votre lit, c'est raté.*
- *Non, non heu ... non. Pas du tout, ce n'est uniquement pour nous faire plaisir.*
- *J'ai oublié de vous précisez, j'espère que vous avez bien repéré l'itinéraire à l'aller, car vous rentrez seul sur Monaco. J'ai un diner d'affaire ce soir pas très loin d'ici. Désolé.*

Aurélien eu du mal à cacher son étonnement. Non pas qu'il ait espéré quoi que ce soit, mais tout de même, il avait imaginé une soirée plus animée en compagnie de Charlotte. Elle lui parut plus réservée que la veille. L'alcool était probablement l'élément déclencheur de ses pulsions sexuelles. Une sorte de potion magique de sa libido. Et en effet, après quelques coupes de Champagne, alors qu'Aurélien détournait le sujet de conversation sur le choix des plats proposés, Charlotte lança dans un grand sourire,

- *Pas trop déçu de ne pas me baiser ce soir?*

A ces mots, Aurélien faillit encore une fois s'étouffer avec son Champagne. Le rouge de ses joues en guise de seule réponse.

- *Ne m'en voulez pas, j'aime assez la provocation. Ceci-dit, je comprends votre dépit pour ce soir. Je suis vraiment navrée de vous contrarier. Vraiment. Du coup je vous propose une chose. Vous voulez jouer?*
- *Jouer, mais jouer à quoi? Je ne comprends pas Charlotte. Et de toute façon je ne suis absolument pas contrarié par …*
- *Jouer à me surprendre. Surprenez moi et à mon tour je vous surprendrez. Elle vous plait mon idée?*
- *C'est-à-dire que, oui ca me plait, ce n'est pas le problème, mais …*
- *Ha non Aurélien, le mot « mais » est interdit dans mon jeu. C'est oui ou c'est non.*
- *Mais comment voulez-vous que je vous surprenne?*
- *C'est justement le but du jeu. Si je vous dis quoi faire, vous comprendrez bien qu'il n'y a aucun intérêt. Tout réside dans l'effet de surprise. L'étonnement.*
- *Ok, ok. Il a l'air amusant votre défi. Laissez-moi réfléchir.*
- *Votre amie me plait Aurélien. Jouons ! Auriez-vous besoin de mon aide?*
- *Humm, humm, oui, alors comment pourrais-je vous surprendre?*
- *Je vous précise que je ne suis pas facile à étonner.*
- *Je trouve ce jeu tout à fait attrayant. Je pense avoir une idée. Préparez-vous car mon idée risque de vous surprendre encore plus que Charlotte?*
- *Allons-y, vous qui aimez les mots crus, je peux vous dire que vous allez être sur le cul Charlotte.*
- *Je ne demande que ça.*

- *Bien, alors, dans un premier temps, regardez autour de vous Aurélien, doucement, en vous concentrant sur hommes et plus précisément sur leurs montres. Vous qui en vouliez une, c'est le moment. Seulement les montres Aurélien. Je vous arrêterais sur celle de mon choix.*

Aurélien s'exécuta sans comprendre le but de l'opération. Il doutait qu'aller demander l'heure à un inconnu impressionnerait la jeune fille. Victor repéra ce qu'il cherchait au poignet d'un voisin de table. Il demanda à Aurélien de se lever, de se diriger vers l'inconnu et de répéter bien exactement ses mots.

- *Excuse-moi de vous importuner de la sorte Monsieur mais je tenais à vous féliciter pour votre montre. Puis-je vous demander si vous accepteriez de me la vendre?*
- *Pardon? Monsieur merci pour votre compliment mais enfin ma montre n'est pas à vendre. Désolé. Bon appétit jeune homme.*
- *Je me doute que vous n'imaginiez pas une telle proposition de ma part, mais néanmoins permettez moi d'insister.*
- *Je ne pense pas que cela soit utile. Je vais vous demander de bien vouloir nous laisser. Mon épouse et moi-même aimerions poursuivre notre conversation et finir de déjeuner en paix.*
- *Je comprends votre surprise ainsi que votre embarras Monsieur. Laissez-moi une dernière chance afin de vous faire changer d'avis. Si ce n'est pas le cas je n'insisterai pas d'avantage. Soyez sans craintes.*

Aurélien, comme téléguidé, se dirigea vers le maitre d'hôtel du restaurant. La mine hébétée de ce dernier trahissait l'étonnement des propos qu'ils lui étaient tenus. Charlotte, les bras croisés observant la scène de loin, ne comprenait pas le petit manège qui se jouait. Elle semblait malgré tout amusée par la situation et l'air contrarié de ses voisins de table. Un responsable du Palace arriva de manière hâtive pour se joindre à la conversation entre le maitre d'hôtel et Aurélien. Parlementassions, signes de têtes, coups de téléphones, mains serrées. Aurélien revint à sa table après quelques minutes, arborant un léger sourire aux lèvres. Il se servit une coupe de Champagne qu'il but d'un trait puis se dirigea, sans un mot pour Charlotte, vers le couple intrigué.

- *Je suis vraiment désolé de vous importuner de la sorte, mais cette épisode, nous pourrons, vous et moi, le raconter à nos descendants. Les souvenirs Madame, Monsieur, ce genre de souvenirs, n'ont pas de prix.*
- *Mais enfin jeune homme? Qu'est-ce que cela signifie?*

Aurélien semblait ému. Il resta un moment silencieux, se contentant de fixer du regard l'inconnu agacé face à lui.

- Cette dernière tirade n'était pas de moi Aurélien? Je ne sais si Charlotte sera surprise ou non, en tout cas, votre propos m'a touché. Bonne fin de déjeuner.

- Je vous laisse terminer votre repas en paix messieurs dames. Pour me faire pardonner du dérangement je me permets de me charger de votre adition.

Bouches bées, le couple se contenta d'un merci gêné. Ils semblaient aussi surpris qu'incrédules. Aurélien se rassit face à Charlotte et s'alluma une cigarette sur laquelle il tira nerveusement. La jeune femme baissa ses lunettes de soleil et se pencha vers lui.

- *Il me semble que vous n'êtes pas arrivé à vos fins Aurélien. Offrir un déjeuné à deux inconnus c'est amusant mais, désolé de vous décevoir, il m'en faut un peu plus pour être vraiment surprise. Votre récompense s'éloigne à grands pas. Dommage.*

Le jeune homme ne répondit pas. Il se contenta d'un sourire niais et d'une nouvelle coupe de Champagne. Muet, il semblait attendre que quelque chose se produise. Il prit une cigarette qu'il tapota doucement sur le rebord du cendrier. Il finit par l'allumer délicatement lorsqu'il aperçu le maitre d'hôtel se diriger vers la table voisine. Ce dernier y déposa délicatement un petit plateau d'argent qui contenait une boite de velours pourpre ainsi qu'une enveloppe cachetée. En levant sa coupe dans leur direction, Aurélien adressa un petit signe de tête aux destinataires intrigués. L'homme hésita un instant avant de décacheter la missive et de lire le message qu'elle contenait. Il lança un regard interrogatif à Aurélien et ouvrit la boite pour la refermer presque aussitôt. Il se pencha pour adresser quelques mots à son épouse qui, instantanément, se couvrit la bouche de ses deux mains.

- *Ha, si vous aviez joué avec notre voisine de table, vous auriez gagné Aurélien. Elle a vraiment l'air très surprise. Moins attirante que moi mais plus étonnée en tout cas.*

Le couple se leva dans un même élan et vint se planter devant Aurélien qui demeurait silencieux.

- *Monsieur, je ne sais qui vous êtes et je ne comprends pas ce que vous venez de faire, mais laisser moi vous dire une chose. Vous aviez raison, je dois l'avouer, ce moment restera gravé dans nos mémoires. Bonne fin de journée et surtout, merci pour tout.*

D'un geste déterminé, l'homme et son épouse, ôtèrent les montres qu'ils portaient aux poignets. Ils les déposèrent délicatement sur la table, puis, sans un mot, quittèrent les lieux.

Charlotte n'en revenait pas. Face à elle, deux montres de grande marque brillaient sous le soleil. Deux montres en or qui n'auraient jamais du quitter le poignet de leurs propriétaires respectifs. Deux montres pour une même histoire. Celle d'un couple venu simplement déjeuner sous le soleil. Celle d'un couple bluffé par la folie d'un homme.

22

Sur les hauteurs de Cannes se concentraient les villas les plus spectaculaires de la ville. Certaines propriétés s'étendaient sur plusieurs hectares. Toutes, à de rares exceptions, possédaient une piscine, accompagnée parfois d'un terrain de tennis ou d'un practice de golf. Elles jouissaient le plus souvent d'un panorama incroyable sur la méditerranée. Vue plongeante sur la mer lointaine, impression troublante de pouvoir s'y jeter. Entourées de hauts murs ou de haies infranchissables, rien ne laisser supposer aux visiteurs la démesure de ces demeures. La route abrupte qui menait à ces quartiers résidentiels n'était qu'une succession de virages en épingle. Son ascension s'y faisait à vitesse réduite. Certains moteurs, pas suffisamment puissants, peinaient, se mettaient à chauffer. Ce n'était pas le cas des puissants véhicules des résidents. Il y avait dans cet état de fait comme une sélection naturelle. Les riches montaient facilement et régulièrement cette voie, les moins fortunés, eux, finissaient par y arriver mais préféraient éviter au maximum le secteur. Aurélien, lui, ne se posait pas la question. Son ancien voiture n'aurait pas franchi plus de cinq virages sans exploser. Aujourd'hui, il profitait pleinement de ses chevaux sous le capot.

- *Pourquoi ne pas vouloir m'avouer ce que contenait cette boite?*

Charlotte avait posée la question sans quitter des yeux la montre qui brillait à son poignet. Fascinée par sa beauté elle restait surtout intriguée par la méthode qu'avait employée Aurélien pour l'obtenir. Elle connaissait le prix de ces bijoux et ne doutait pas que la réaction du couple ne fut disproportionnée.

- *Charlotte, je me disais qu'on pourrait peut-être se tutoyer maintenant non ?*
- *Vous avez raison Aurélien, changez de sujet. Pour le tutoiement, ne vous en déplaise, j'aime bien ce coté suranné qu'offre le « Vous ».*
- *Ha. Ok. Si vous le dites.*
- *Vous ferez attention, la villa se situe dans le prochain chemin sur la droite. Vous me déposerez simplement devant la grille d'entrée. Si l'on me voyait arriver dans cette voiture, je crains d'avoir un peu plus de mal à négocier le cout de la location.*

La Lamborghini s'engouffra doucement dans une allée étroite avant de s'immobiliser devant une grille imposante. Aurélien ne pris pas le soin de couper le moteur et se tourna vers Charlotte qui ne lui laissa pas le temps de prononcer la moindre parole.

- *Merci pour tout Chauffeur. Je pense que vous n'avez pas volé votre récompense.*

D'un geste, elle se libera de sa ceinture de sécurité puis se pencha vers Aurélien. Croyant qu'elle allait l'embrasser, il tendit ses lèvres mais compris qu'il se trompait. Les doigts de Charlotte ouvraient déjà minutieusement son pantalon et sa bouche les rejoint presque aussitôt. Le jeune homme n'osât plus bouger. Il ferma les yeux pour se laisser aller au plaisir qui l'envahissait.

- *Regardez-la !!!*

A ces mots Aurélien tressaillit et porta son regard sur les lèvres de Charlotte. Voyeur de sa propre vie. Vas et viens humides. Râles de contentement. Extase finale les yeux grands ouverts.

Charlotte se rassis sans un mot et pris le temps de refaire les contours de sa bouche à laide de son gloss. D'un geste décidé elle ouvrit la portière alors qu'Aurélien reboutonnait son pantalon les mains tremblantes.

- *Bon retour Aurélien. A bientôt peut-être et merci pour tout.*
- *Heu, mais, comment? Bon et bien à bientôt Charlotte, mais je n'ai même pas votre numéro de téléphone pour pouvoir vous joindre …*

La jeune fille ne répondit pas et s'éloigna sans se retourner. Dans une prudente marche arrière, Aurélien n'eut d'autre choix que de quitter les lieux. Il se concentra sur l'itinéraire du retour, Charlotte ayant pris le soin de lui préciser le parcours menant à l'accès autoroutier.

- *J'espère que le spectacle vous a plu Victor?*

- *Moins qu'à vous visiblement, mais c'était divertissant.*

- *Jai un problème Victor, et, il faut que je vous en parle.*

- *Dites-moi …*

- *Je préfère vous montrer, je vais essayer de m'arrêter un peu plus loin.*

Aurélien n'eu pas de difficulté à trouver l'entrée de l'autoroute et appuya sur l'accélérateur pour faire vrombir son bolide en le propulsant directement sur la voix de gauche. Les autres véhicules semblaient à l'arrêt tellement son accélération avait été fulgurante. Un panneau de signalisation, qu'il faillit ne pas voir, indiquait une aire de repos cinq kilomètres plus loin. Aurélien ne mis que quelques minutes à l'atteindre et y pénétra à vitesse excessive. Garé n'importe comment, il coupa le moteur. Le silence se fit immédiatement, redonnant au lieu désert à cette heure, la quiétude que certains venaient y chercher.

- *Vous êtes la Victor?*
- Montrez-moi ce qui vous tracasse.

Aurélien se pencha pour ouvrir la boite à gant. Le revolver apparu. Il le fixa des yeux.

- *Bien, c'est un revolver, pas un problème.*

- *Pas un problème? Ben voyons! Je me trimbale depuis des heures avec une arme dans la boite à gant mais ce n'est pas un problème! Putain mais Victor, vous savez que c'est totalement illégal de se balader avec ce genre de jouet? Et il sert à quoi dans une boite à gants? Franchement, vous pouvez m'expliquer?!*
- *Calmez-vous Aurélien. C'est juste une arme, pas un kilo de cocaïne, ni même un cadavre. Ce qui est interdit c'est de se faire prendre en sa possession pas vraiment de le transporter. De plus, dans l'éventualité ou vous vous feriez attraper, la sanction est ridicule. Quant à son usage, je suppose qu'il est purement dissuasif. Maxime à eu quelques soucis aux volants de mes véhicules par le passé. Depuis, il préfère assurer sa sécurité avec de tels engins. C'est rassurant pour lui et franchement ce devrait l'être pour vous. Une telle voiture attise les esprits et les convoitises de quelques jaloux. Maxime n'est pas un tueur. Allez, rassurez-vous, il n'y a pas lieu de s'inquiéter.*
- *C'est marrant mais je ne suis pas vraiment convaincu par vos ... putain mais il veut quoi lui?*

Aurélien observait un véhicule qui venait de frôler la Lamborghini en trombe pour s'immobiliser à seulement quelques mètres. Le chauffeur qui en descendit brusquement agitait les bras dans tous les sens. Ses cris ne parvenaient pas encore aux oreilles d'Aurélien.

- *Quand on parle du loup. C'est précisément de ce genre de personnage que Maxime se méfit.*

L'homme hystérique s'approcha de la portière d'Aurélien en vociférant ce qui semblait être des insultes. Visage rougi par la colère, pectoraux gonflés, yeux écarquillés. Brute épaisse face aux vitres teintées.

Pour Aurélien, peu enclin à se battre, la fuite semblait impossible. Il ne pouvait manœuvrer, coincé entre un trottoir à l'arrière et le véhicule de son agresseur face à lui. Il n'eu pas le choix que de baisser sa vitre pour entamer un dialogue qu'il souhaitait apaisant.

- *Pardon Monsieur, mais quel est exactement votre problème?*
- *Mon problème? T'as vu à combien tu m'as doublé espèce de conard? T'as presque faillit me tuer avec ta caisse de richou ! Tu te crois tout permis à cause de tes thunes? C'est limité à 110 ici, on n'est pas sur un circuit! Sans déconner, mais des gros cons comme toi ça me donne envie de leur exploser la gueule!*
- *Ha? Ok. J'ai du vous faire peur, je suis désolé, vraiment. Mais un appel de phares aurait suffit non? Pas la peine de vous énerver comme ça!*
- *J'ai l'air d'avoir peur? Un appel de phare? Mais t'es complètement con toi ou tu te fou de moi?*

Malgré s'être confondu en excuses certes maladroites, les mots d'Aurélien ne semblaient pas pour autant calmer son interlocuteur. Et pour cause, ce dernier commençait à arborer un visage de plus en plus menaçant. Etonnement, Aurélien n'éprouvait aucun sentiment de crainte et esquissa même un petit sourire provocateur. Mais quand le poing de la brute vint s'abattre sur la carrosserie de la Lamborghini, Aurélien changea de visage et d'attitude.

- *En fait t'as raison, bien sur que je me fou de toi ducon. Et ton geste tu vas le regretter! Je vais te faire passer ta colère.*

L'homme se mit alors à hurler. Comme pris de démence, il se précipita vers le coffre de sa voiture qu'il ouvrit dans un mouvement de rage. Il en sortit une bâte de baseball qu'il brandit fièrement en direction d'Aurélien en hurlant dans un jet de salive,

-Alors c'est toi qui veux me faire ...

Mais l'homme s'arrêta net. Pétrifié, il n'osait plus bouger, balbutiant seulement quelques mots inaudibles. La rougeur de son visage s'estompa d'un coup. Maintenu en joue par un pistolet automatique, il laissa tomber à terre son arme de fortune.

23

L'envie pressente de nicotine l'emporta sur celle de regagner le calme de sa suite monégasque. Juste après l'épisode de l'aire de repos, Aurélien ne résista pas à emprunter la première sortie d'autoroute venue. Il n'avait plus de cigarettes et en trouver était à cet instant son absolue priorité. Il roulait sans destination précise, guettant seulement l'enseigne providentielle d'un tabac. Loin des lieux touristiques, les routes qu'il parcourait semblaient peu fréquentées et c'est finalement sur une petite place de village qu'il arrêta son véhicule. Fontaine en pierre, habitations du XIX siècle, tout le calme et le charme de l'arrière pays, concentré dans ce coin reculé. Après avoir acheté trois paquets et commandé un demi pression, il s'installa sur la terrasse ombragée du café.

Un peu plus loin, face à lui, un groupe d'hommes, d'un âge avancé, lançaient avec concentration leurs boules de pétanques. Elles venaient s'écraser lourdement sur le sol en terre battue. Les bras se levaient, les jurons ou éloges fusaient à chaque point marqué. Le claquement froid de l'acier en fond sonore, Aurélien prit une grande inspiration, ferma les yeux, et profita de la quiétude des lieux. Il repensa à cette journée et aux événements incroyables qui l'avaient rythmée. Un sentiment étrange l'envahit. Un mélange d'excitation, teinté d'une pointe d'incrédulité. Son ancienne vie lui semblait bien loin. Celle où si peu de choses se passaient. Celle ou l'ennuie s'était installé. Celle ou les habitudes trop pesantes lui plombaient le moral chaque jour un peu plus. Celle où Jessica existait encore. Il réalisa que sa présence ne lui manquait pas. Elle devait probablement le maudire depuis son départ soudain. Elle avait certainement échafaudé des hypothèses ahurissantes sur sa « fuite » inexpliquée. Pour Aurélien, il ne faisait aucun doute que malgré ses plus folles spéculations, elle devait être encore loin de la réalité. Comment aurait-elle pu imaginer l'impensable? Même Aurélien avait du mal à réaliser ce qu'il vivait aujourd'hui.

Lorsqu'il rouvrit les yeux, son regard se porta presque naturellement sur les boulistes. Trop éloigné d'eux, il ne pouvait qu'imaginer leur conversation animée. Deux de ces messieurs, accroupis, mesuraient avec d'infimes précautions la distance qui séparait les boules du cochonnet. Point crucial.

- *Même moi, d'ici, j'arrive à voir pour qui est le point.*

Un vieil homme, assis à la table voisine, venait de s'adresser indirectement à Aurélien.

- *Et bien, laissez moi vous dire que vous avez une très bonne vue, ou alors une grande connaissance de ce jeu Monsieur. Vous êtes un vrai spécialiste ou je me trompe?*
- *Un grand spécialiste, eza'tement, et d'ici, je vous le dis, ces types sont des brèles!*

A cette affirmation appuyée, Aurélien ne put s'empêcher de répondre par un rire jovial. La conversation s'engagea le plus naturellement du monde. Le vieil homme se présenta. Il répondait au prénom de Pierre mais précisa que tout le village l'appelait Pierrot. Parisien de naissance, il était venu s'installé dans la région la retraite venue, ce que son parfait accent local ne laissait pas supposer. Lui-même bouliste, il expliqua à Aurélien que le village comptait deux équipes « officielles », la sienne étant bien meilleure que celle qui officiait lamentablement sous leurs yeux.

- *Je peux te demander une cigarette? Je n'ai plus assez de monnaie pour en acheter. Je sui parti à sec. Hé petit, on se tutoie!*

Aurélien lui offrit un paquet entier et commanda deux bières fraiches. L'homme, qui ne semblait pas rouler sur l'or, parut réellement touché par le geste.

- *T'es vraiment généreux petit. C'est une qualité qui se fait rare de nos jours. J'ai vu ta voiture quand tu es arrivé. Elle est splendide! Tu t'es perdu pour atterrir ici?*

Après quelques explications un peu embarrassées, Aurélien, évitant de donner trop de détails sur sa vie, se contenta de quelques remarques sur les charmes du village.

- *Oui, tu as raison petit, c'est un bien bel endroit, à l'écart de la folie de la cote. Il faut se perdre pour le découvrir. Et moi, cela me convient très bien. Le calme, le soleil, les copains, la pétanque. Le paradis quoi.*
- *Et l'apéro ne fait pas partie de la liste?*
- *Ho petit, l'apéro c'est la vie! D'ailleurs, je t'aurais bien payé ma tournée mais comme je te l'ai dit ...*
- *Aucun problème, je t'en offre une dernière, pour la route.*
- *Vouais mais pour la route alors! Faut pas que je picole trop, je suis venu en voiture et les routes sont étroites et sinueuses ici. Encore plus après quelques verres.*
- *Juste une dernière, moi aussi je dois reprendre le volant.*
- *Tu sais petit, tu m'es vraiment sympathique. Dis-moi, j'y pense, tu joues à la pétanque?*
- *J'y ai joué, comme tout le monde, mais je suis très loin d'avoir le niveau local.*
- *On joue demain avec mes collègues. Félix ne peut pas être la. Félix c'est un membre de notre équipe. Tu vois ça me ferait bien plaisir que tu te joignes à nous. Et puis je te dois une tournée. T'en dis quoi petit?*
- *Ben je dis que c'est faisable. Toi aussi tu m'es sympathique Pierrot.*

L'improbable nouvel ami d'Aurélien lui manifesta son contentement par une tape appuyée sur la cuisse, heureux que sa proposition soit si facilement acceptée.

Le petit groupe de bouliste venait de finir leur partie. Chacun glissa méticuleusement ses boules dans leurs étuis respectifs. Ils se dirent au revoir à grands renforts d'empoignades. Un membre de l'équipe se dirigea vers la terrasse du café. Lorsqu'il passa au niveau de Pierrot, il lui adressa un viril doigt d'honneur et continua le plus naturellement possible son chemin. Pierrot ne parut ni surpris, ni même choqué par le geste.

- *Ha oui! C'est particulier l'ambiance entre vous! Elles doivent être animées vos parties!*
- *Un peu, mais le doigt d'honneur n'a pas grand-chose à voir avec la pétanque petit.*
- *Je croyais pourtant.*
- *Non, c'est Henry, mon voisin. Il me déteste au prétexte que j'ai refusé de lui vendre un bout de mon jardin. On ne se parle plus depuis, mais on se fait des doigts d'honneur. Ça compense.*
- *Vous êtes fâchés pour un bout de jardin? Laisse moi deviner, il voulait te racheter le coin ou il y a ton potager je parie?*
- *Mon potager?*
- *Non, ce n'est pas ça?*
- *Raccompagnes moi jusqu'à ma voiture Petit, je dois y aller, je te raconte.*
- *Avec plaisir Pierrot.*

Les deux hommes marchaient cote à cote, d'un même pas lent, qui les menait vers le petit parking situé au bout de la place. Pierrot fouillât la poche de son pantalon et en sorti un trousseau de clefs comme on n'avait plus l'habitude d'en voir.

- *Tu veux que je te dise Petit, Henry est un con. Sous prétexte qu'il à plein de sous il croit qu'il peut tout acheter, comme mon bout de*

> *terrain par exemple. Mais petit, tout n'est pas toujours à vendre. Quand ce con a réalisé qu'il y avait une erreur dans son permis de construire, pour éviter de tout casser, de détruire son chantier en cours, il a voulu me racheter un bout de chez moi. Déjà on n'était pas très copains tous les deux. Mais quand il m'a pris de haut pour me faire sa proposition et que je l'ai refusé, alors c'est la que les doigts sont arrivés.*

Le vieil homme s'arrêta devant une Jeep qui avait probablement du parcourir des dizaines de milliers de kilomètres. Sa traversée du temps était visible, elle en portait encore quelques cicatrices. Pierrot n'eu aucun mal à y grimper d'un bond.

- *Je vois Pierrot. Il a donc été obligé de détruire une partie de sa nouvelle maison? Tu m'étonnes qu'il t'en veuille. Mais une petite rentrée d'argent ne t'aurait peut-être pas fait de mal non?*
- *Une partie de sa maison? Nan, il a du rasé son Pool House encore en travaux, et à ses frais en plus. Fatche, tu aurais du voir sa tête quand le bulldozer est arrivé. Mais attends, tu crois que je manque de sous petit? On ne t'a jamais dit de ne pas te fier aux apparences?*

Pierrot donna un tour de clef et la Jeep toussa comme l'aurait fait un vieillard, puis, dans un nuage de fumée grise et épaisse, elle se mit à pétarader pour finir par démarrer.

- *Il avait besoin de sept cent mètres carrés. Ce n'est pas grand chose j'en ai cinq hectares, mais tu imagines l'erreur? Et puis bon, je n'allais pas déraciner une partie de mes oliviers centenaires pour un petit million d'euros! Un con je te dis! Allez, zou, je file, on se retrouve demain ici vers onze heures.*

24

Sous le tendre soleil du matin, attablé sur la terrasse du palace, Aurélien dévorait son copieux petit déjeuné. La veille, il était rentré directement sans passer par la case restaurant, sans encore une fois prendre la peine de se déshabiller, se contentant de s'écrouler de fatigue sur son lit. Seul ce matin, sans nouvelle de Victor ni même de Théodore, il savourait ce moment de paix et de solitude. En vérifiant l'heure qu'indiquait sa nouvelle montre, il se mit à repenser au couple qui la lui avait cédée. Il se souvint avec amusement des visages stupéfaits lorsque ces gens virent ce que contenait la boite déposée sur leur table. Ce n'était pourtant qu'un vulgaire petit morceau de plastique brillant. Un simple jeton provenant du casino Carlton. Quelques centimètres d'une matière froide, tellement ordinaire, sur laquelle figurait l'inscription dorée « 50 000 euros ». Une valeur faciale représentant une somme colossale pour Aurélien et le commun des mortels. Pour d'autres ce n'était qu'une mise de jeu ordinaire.

Il se souvint également des paroles de Pierrot, quand se dernier lui expliquait que tout n'était pas à vendre. Mauvais exemple. Exception confirmant la règle.

Dans ce bas monde, Aurélien était bien placé pour témoigner du fait que tout avait un prix.

La route menant au petit village dans lequel il avait rendez-vous fut assez compliquée à retrouver. Quelques points de repères pris la veille lui permirent de n'avoir que cinq petites minutes de retard sur l'heure prévue.

Son ami à la Jeep lui adressa de grands signes quand Aurélien descendit de son bolide. Ils étaient trois à l'accueillir sur le terrain de pétanque improvisé au milieu de la place du village. Pierrot fit rapidement les présentations. Paul et John, les deux autres membres de l'équipe lui serrèrent chaleureusement la main.

- *Aurélien tu vas jouer avec John, moi et Paul contre vous. Comme nous sommes des personnes civilisés, nous vous laissons engager le jeu. Messieurs, que les meilleurs gagnent!*

La partie s'engagea sur ces mots. Au milieu du groupe, Aurélien dénotait quelque peu. Sa tenue en premier lieu, son âge ensuite mais surtout sa manière de pratiquer la pétanque. Loin de se moquer, tous y allaient de leurs conseils avisés, si bien que le jeune homme, avant de pouvoir lancer sa boule, devait écouter attentivement tous les protagonistes.

L'affrontement entre les deux équipes fut long et mouvementé. Les jurons légion, les contestations nombreuses. Finalement, les vainqueurs triomphèrent dans un enthousiasme modéré, ne voulant pas davantage humilier Aurélien et son partenaire dépité par la défaite.

- *Messieurs, belle partie, je vous propose de marquer une pause autour d'un verre. John et Aurélien, la tournée est pour vous.*

Les quatre compères s'installèrent à l'ombre de la terrasse ombragée du café. Le bruit des glaçons remplaça vite celui moins cristallin des boules de pétanque. John, après avoir trinqué avec son coéquipier, lui posa une question qui étonna le jeune homme.

- *Il me semble vous connaitre Aurélien. D'habitude je suis assez physionomiste mais la je ne trouve pas. Je cherche depuis tout à l'heure mais ça ne me revient pas. Je me trompe peut-être. C'est agaçant car j'ai une très bonne mémoire des noms et des visages. Vous n'avez pas vécu sur Lyon il y a quelques années?*

- *Ha non, désolé de vous décevoir, mais je n'ai jamais vécu à Lyon. Vous confondez avec un autre. D'où je viens, je ne crois pas que vous connaissiez.*
- *Et d'où venez-vous?*
- *D'un petit village, Soulignac, ça vous parle?*
- *Laissez-moi réfléchir, je ne vois pas.*
- *Normal, c'est un trou perdu, il n'y a rien à y faire et rien à y voir. Vous ne perdez pas grand-chose à ne pas connaitre.*
- *En voila un endroit qui fait envie! Rien? Vraiment? Même pas un pont duquel se jeter?*

Pierrot, fier de son commentaire, partit dans un rire franc et bruyant. Aurélien, lui, s'alluma une cigarette mais ne put cacher son malaise. A sa tête contrariée, John comprit que le jeune homme n'avait pas apprécié le trait d'humour. La référence au pont ou au saut ne passait pas. C'est à ce moment précis que John réalisa. Comme une révélation, il venait de trouver la réponse à la question qu'il se posait depuis plusieurs minutes maintenant. Il se pencha sur Aurélien et le fixa avec un tendre sourire.

- *C'est incroyable. Vraiment incroyable. Comment est-ce possible?*

Aurélien, surpris et un peu gêné, ne comprenait pas ce qu'insinuait son interlocuteur. Sans un mot il se contenta d'une gorgée de bière en guise de réponse.

- *Vous êtes le portrait craché de votre père Aurélien! C'est incroyable!*
- *Pardon?*
- *Vous êtes bien le fils de Monsieur Sartet ? Votre papa Aurélien, je l'ai connu. Enfin, je veux dire que j'ai travaillé avec lui sur le viaduc de Monroy. C'est dingue! Une coïncidence pareille vous rendez-vous compte?*

Prenant à témoin ses amis, John les regardaient stupéfait.

- *Ça ne va pas Aurélien?*

S'adressant à lui inquiet, Pierrot posa la main sur l'épaule de son jeune ami.

Les yeux clos, se bouchant les oreilles, Aurélien esquissait une horrible grimace. Il semblait souffrir horriblement et se leva précipitamment pour courir se refugier dans les toilettes du café.

Le petit groupe resta figé par la surprise, ne sachant trop comment réagir. Ils demeurèrent muets quelques instants, se regardant stupéfaits sans comprendre la réaction du jeune homme. C'est finalement John qui rompit le silence.

- *Hé bien, jamais je n'aurais pensé qu'il le prendrait aussi mal.*
- *Je dois avouer que c'est très surprenant comme réaction.*
- *On devrait peut-être aller le voir non?*
- *Laisse-le souffler un petit moment.*
- *Mais tu le connaissais bien son père?*
- *Je ne le connaissais pas intimement mais j'ai travaillé avec lui sur un gros chantier. C'était un viaduc. Un ouvrage très important pour l'époque. Il était ingénieur mais pas dans le même service que le mien. Le même groupe mais pas le même service. Le malheureux à fait une chute mortelle. On n'a jamais vraiment trop su ce qu'il s'était passé.*
- *Et merde! En même temps je ne pouvais pas deviner! Je comprends mieux que ma blague ne l'ait pas amusé.*
- *Mouais, c'est certain. J'ai le souvenir d'un type bien.*

Néon de lumière froide. Evier d'un autre temps. Miroir fatigué par des années de visages reflétés. Porte en bois à la peinture craquelée. Loquet de fermeture basculé sur le rouge.

Aurélien, assis sur la lunette des toilettes, avait beau se boucher les oreilles de ses deux mains, y mettre de petites gifles, rien n'y faisait. Un affreux sifflement lui perçait les tympans.

-Putainnnnnnn Théodore!!! C'est quoi ce merdier!?!

La douleur était insoutenable. Elle semblait envahir son corps tout entier et le rendre fou. Il avait l'impression que ce bruit strident pouvait lui faire exploser les oreilles et son cerveau avec. Alors qu'il allait finir par se taper la tête contre le mur des toilettes, le sifflement électrique cessa soudain.

- *C'est incroyable cette histoire tout de même. Que tu retrouves le fils de ce type ici après tant d'années? incroyable!*
- *Et bien pour tout t'avouer, moi le premier, je n'arrive pas à y croire.*
- *Comme quoi, le monde est un village.*
- *C'est certain. Quand j'y repense! C'était un chantier pharaonique. A l'époque, seul le groupe White Stone était capable de le réaliser.*
- *White Stone, belle boite! Tu peux dire qu'ils en ont coulé du béton ceux-là!*

L'insupportable sifflement avait laissé place à des acouphènes biens moins douloureux mais tout aussi gênants. Aurélien n'avait aucune idée du temps qu'ils mettraient à s'estomper. Les sons qu'ils percevaient lui arrivaient déformés. Face au miroir des toilettes, se passant de l'eau sur le visage, il se vit blême. Les yeux rouges, injectés de sang.

- *Mais ils n'ont pas eu des problèmes d'ailleurs chez Withe Stone? Il n'a pas fait un peu de prison le grand patron? Comment il s'appelait déjà?*
- *Tu sais à l'époque on ne faisait pas d'omelette sans casser des œufs. Tout n'était pas clair, loin de la, surtout chez Withe Stone. Alors oui du béton on en a coulé des quantités astronomiques, et des saloperies ils en ont fait plus d'une, tu peux me croire. Mais non, malgré tout, Manalese n'a jamais fait de prison.*

25

Blouses blanches, murs blancs, lumière blanche. Le décor aseptisé à l'excès de la clinique privée restait le même.

Confortablement assis dans un fauteuil médicalisé, Aurélien attendait patiemment la fin de son osculation.

- *Tout à l'air normal. Je ne comprends pas ce qui à pu se produire. Tout fonctionne parfaitement. Si par le moindre des hasards les oreillettes dysfonctionnait à nouveau, nous les remplacerons. Mais il n'y a pas de raison que cet incident se reproduise.*

Le verdict du Docteur Trintignat fut sans appel. Le système fonctionnait parfaitement et, selon lui, le problème provenait certainement d'un malheureux concours de circonstances. Une accumulation de facteurs extérieurs. Un arc électrique provoqué par une source inconnue, comme un cœur artificiel situé a proximité d'Aurélien par exemple. Des explications plus techniques furent aussi avancées, mais toutes aboutissaient à la même conclusion, le système était en parfait état de fonctionnement. La probabilité que la panne se reproduise demeurait plus qu'infime. Aurélien en profita pour demander si le système ne pouvait pas être amélioré afin de rendre la voix métallique plus humaine. Moins rébarbative. La réponse du Docteur fut un « non » catégorique.

Les acouphènes avaient quasiment disparus, et Aurélien, rassuré, remercia le Docteur pour son expertise.

Il eut put en faire de même pour Victor qui, après que le son strident eu cessé subitement, avait pu donner ses consignes au jeune homme. Sortir des toilettes, s'excuser brièvement au prés de ses amis boulistes et prendre immédiatement la direction de la clinique pour un examen du système implanté.

Cet incident, au grand regret d'Aurélien, avait mis un terme prématuré à la discussion entamée avec John. Il aurait pourtant aimé approfondir un peu plus cette conversation. N'ayant pas de souvenirs des collègues de son père, cette ahurissante coïncidence semblait providentielle. Ce dernier ne parlait jamais de son travail lorsqu'il rentrait à la maison. Il n'en parlait pas ou Aurélien était trop jeune pour l'avoir noté et s'en souvenir. Echanger aujourd'hui avec un de ses anciens confrères lui paraissait une opportunité incroyable. Un voyage dans le temps inespéré. Une occasion à ne pas louper. Aurélien doutait que celle-ci ne se reproduise sans qu'il n'ait à forcer le destin. Mais pour l'heure, le jeune homme profitait à nouveau d'une audition claire et indolore.

- *Et bien, Victor, vous savez quoi? Ça fait du bien quand ça s'arrête ce putain de sifflement!*
- *Je veux bien vous croire Aurélien. Tout est rentré dans l'ordre. Espérons que cela ne se reproduise pas.*
- *C'est clair. Parc contre, vous avez entendu de ce que disais John juste avant ma fuite? C'est pas un truc de fou ça?*
- *J'ai cru comprendre que ce Monsieur connaissait votre père. C'est à cela que vous faites allusion je suppose? Je dois cependant vous préciser que je n'aime pas trop vos nouveaux amis. Et puis, très sincèrement, une partie de pétanque ce n'est pas franchement l'activité la plus distrayante que j'ai eu l'occasion de « voire ». Ce n'est pas vraiment ce dont j'ai envie.*
- *Non mais vous vous rendez compte Victor? Un collègue de papa! Comment c'est possible un truc pareil? Franchement je n'en reviens toujours pas! Mais pourquoi vous ne les aimez pas? Ils sont plutôt*

> *sympa non ? Bon après, je comprends qu'une partie de boules soit moins amusante que ce qu'il se passe avec Charlotte, mais ...*

— Nous en reparlerons. Vous devriez rentrer vous reposer dans votre chambre d'hôtel. Je vais vous indiquer la route à prendre.

La clinique privée n'était distante que de quelques minutes du Palace monégasque. La principauté de Monaco, village suspendu sur un rocher face à la mer, ne s'étendait que sur quelques kilomètres. Deux petits kilomètres carrés précisément. Minuscule pays.

De retour dans sa suite, Aurélien se servit une bouteille de bière dans le mini bar prévu à cet usage. Un luxe qu'il ne s'était jamais autorisé auparavant, ayant toujours redouté le prix prohibitif de ces consommations. Il sortit sur sa terrasse et s'alluma une cigarette. Face à lui, le yacht démesuré de Victor n'avait pas bougé, flottant sereinement, il renvoyait une ombre noire sur la mer bleu.

En le contemplant, Aurélien songea aux événements de ces derniers jours.

Jamais, même dans ses rêves les plus fous, il n'aurait put imaginer que sa vie se transformerait aussi radicalement. Qu'elle emprunterait un chemin aussi surprenant, lui permettant de faire des rencontres plus qu'improbables. Il réalisa qu'une partie de pétanque n'était effectivement pas le meilleur spectacle que Victor eu envie de contempler. Ce constat l'amena à une évidence. Finalement, cette nouvelle vie n'était pas la sienne. Il jouait un rôle. Son existence ne lui appartenait plus complètement. Il devait vivre ce qu'un autre fantasmait. Alors que son esprit se remplissait de ses pensées, il en fut soudain tiré par la sonnerie du téléphone de sa suite.

Au bout du fil, le réceptionniste du Palace l'informait qu'un pli à son attention allait lui être porté. Et en effet, à peine quelques minutes plus tard, Aurélien tenait entre ses mains une enveloppe jaune fluo. Elle contenait un carton d'invitation de la même couleur criarde l'invitant au vernissage de l'exposition d'un artiste étranger. D'une écriture manuelle et élégante, y était annoté :

« Je ne peux m'y rendre, mais j'ai pensé à vous. Amicalement. Charlotte ».

A voix haute, Aurélien lança à la volée :

- *Ça vous dit une expo Victor? Ou ce n'est pas assez distrayant pour vous?*

Il n'y eu pas de réponse à sa question. Ses oreillettes restèrent muettes.

N'ayant aucun penchant particulier pour l'art, Aurélien n'avait jamais assisté à un vernissage. Il n'était même jamais entré dans une galerie. Les seuls musées qu'il avait eu l'occasion de visiter le furent lors de rares sorties scolaires. Prétextes à des rigolades entre collégiens dissipés, son attention ne fut jamais vraiment captée par les œuvres exposées. Cependant, sa curiosité et surtout le fait qu'il n'avait rien de prévu le soir même le convainquirent d'aller faire un tour à ce vernissage.

La galerie d'art, où se tenait l'événement, ne se situait qu'à quelques centaines de mètres du Palace. Petit rocher. Après s'en être fait expliquer le chemin, Aurélien décida de s'y rendre à pieds. L'air du soir était agréable. Le soleil se couchait doucement, diffusant une lumière rosée dans un ciel sans nuages. Il faisait bon se promener dans les rues monégasques à cette heure de la journée.

A chaque fois qu'Aurélien quittait sa chambre d'hôtel, il ne pouvait s'en empêcher, il fallait qu'il palpe ses poches. Impression continuelle d'un oubli. Un objet sans laquelle il ne pouvait vivre autrefois. Une chose devenue indispensable à la majeure partie de l'humanité. Un appareil qu'il ne possédait pourtant plus aujourd'hui ... son

Smartphone. Tâtant ses poches, il mettait un certain temps à réaliser qu'elles étaient pourtant quasi vides et que cette situation était devenue normale. Pas de Smartphone. C'était pour lui une vraie révolution, presque une révélation. Il n'en possédait plus et la sensation de manque qu'il avait imaginé n'était pas si insupportable. La drogue d'hier était visiblement moins forte qu'il ne l'avait pensé. Moins puissante que les nouvelles sensations de sa vie actuelle. D'un autre coté, Théodore avait été très clair des le début. Pas de Smartphone faisait partie des règles du jeu. Aurélien esquiva un sourire en pensant à tous les événements récents qu'il aurait pu poster sur les réseaux sociaux. Carton assuré. Explosion de popularité.

Sur le trottoir, quelques dizaines de mètres face à lui, une foule s'agglutinait déjà devant l'entrée de la galerie d'art. Public hétéroclite. Des jeunes, des moins jeunes, surtout des moins jeunes, tous très élégants, la plupart tenant une coupe de Champagne à la main.

Son carton d'invitation bien en évidence, Aurélien s'avança timidement. Il se freilla prudemment un chemin dans la foule compacte pour se retrouver face à l'hôtesse d'accueil. Alors qu'il lui tendait son laisser passer, une femme hystérique sortit de la galerie en hurlant.

- *Ecartez-vous, s'il vous plait, écartez-vous, il arrive, il est la, écartez-vous, le voila!*

Aurélien n'osa plus bouger. Sa stupeur le cloua sur place. La majorité des invités se retournèrent dans sa direction et deux photographes bardés de leur lourd matériel se précipitèrent vers lui. Le jeune homme se sentit rougir comme jamais. Quand la foule se mit à applaudir sans le regarder, Aurélien osa se retourner à son tour. Une Rolls venait de s'immobiliser face à la galerie d'art. Le véhicule était recouvert de peintures criardes. On aurait dit qu'un tagueur de banlieue l'avait entièrement recouvert de graffiti. Il comprit que toute cette agitation et cette attention ne lui étaient pas destinées, mais visait le peintre vedette de la soirée. Aurélien se remis à respirer. La femme encore hystérique ouvrit la portière arrière de la somptueuse voiture de luxe dénaturée. Un homme assez jeune en descendit. D'assez petite taille, vêtu d'un ensemble en jean, lui aussi complètement peinturluré, l'artiste salua la foule. Les flashes crépitèrent et les mains applaudirent. Aurélien continuait à tendre son carton d'invitation à l'hôtesse qui ne lui portait absolument aucun intérêt. Après le passage de la vedette et son entrée dans la galerie, cette dernière finit par se ressaisir et accueilli Aurélien avec une coupe de Champagne et un large sourire.

A son tour, Aurélien pénétra dans la galerie. L'artiste peintre, selon son élogieuse biographie, était connu sous le surnom de STAN. Originaire de Chicago, il séjournait aujourd'hui à Paris. Exposé dans de nombreuses et prestigieuses galeries à travers le monde, son travail se résumait à recouvrir à l'excès une toile du tague de son pseudo. Toujours selon la biographie, STAN comptait parmi les acteurs majeurs du mouvement street-art. Bla bla bla bla …

Tout cela ne voulait pas dire grand-chose pour Aurélien. Il entreprit donc de contempler les tableaux de l'artiste plutôt que de s'infliger la longue lecture d'une biographie trop dithyrambique.

Des toiles de grand format, ultra colorées, tranchaient le blanc des murs de la gallérie. Le public, trop occupé à s'observer les uns les autres, ne portait que peu d'attention aux œuvres exposées. Le spectacle s'affichait aussi bien dans les toiles bariolées que dans les tenues et attitudes de ces amateurs d'art éclairés. Presque seul à s'intéresser à l'exposition, Aurélien admirait de manière dubitative le travail de STAN. Ses tableaux se ressemblaient tous. L'unique variante résidait dans les couleurs utilisées. Il n'y avait pas de sujet. Pas de revendication. Uniquement des lettres enchevêtrées les unes sur les autres. Si un message se cachait dans ces œuvres, il échappait totalement à Aurélien.

- Que pensez-vous du travail de STAN Aurélien ?

En pleine contemplation, il hésita un instant avant de répondre.

- *Franchement ? Je ne sais pas trop. Ce n'est pas si mal en fait. Et vous Victor, vous aimez?*
- J'aimais beaucoup au début. J'en ai acheté quelques unes. Mais STAN ne se renouvèle plus depuis longtemps. Il croit avoir un vrai style, il n'est tout simplement plus créatif. Il a choisit la facilité. Dommage. D'ailleurs, transmettez-lui le message si vous arrivez à vous en approcher.

26

Echanger avec Victor s'emblait un exercice facile Pour Aurélien. Il lui suffisait de prononcer une phrase à haute voix. Cependant, ce système de communication présentait un inconvénient certain, celui de son indiscrétion. Toute personne se trouvant à proximité du jeune homme pensait que ce dernier s'adressait à elle. Pire, qu'il se parlait à lui-même, répondant à des questions sorties tout droit de son imagination. Schizophrénie virtuelle.

C'est ainsi qu'une femme, se tenant juste aux cotés d'Aurélien, le regarda d'un air étonné lorsque ce dernier répondit à Victor. Croyant à juste titre que la question lui était destinée, et amusée par cette entrée en matière plutôt directe, elle lui répondit à son tour.

- *Pas si mal comme vous dites. Je dirais pour ma part que son travail est à la limite du beau. L'équilibre des couleurs est impeccablement respecté. Avez-vous noté la composition subtile des déliés?*

A son tour, Aurélien lança un regard circonspect à sa voisine.

- *Pardon?*
- *Vous me questionniez sur mon avis, je vous demandais donc, à mon tour, si vous aviez noté la composition subtile des déliés?*
- *Désolé Madame. Oui, c'est-à-dire que je ne m'y connais pas très bien en art. Je veux dire que je ne suis pas un expert. Mais, maintenant que vous le dites, les déliés sont ... subtils.*

A peine Aurélien avait-il terminé sa phrase que son interlocutrice partit dans un grand éclat de rire.

- J'adore ! Franchement, elle n'est pas bluffante ma question?
- Bluffante? Comment ça bluffante? Ce n'était pas une vraie question? Je ne comprends pas.
- Bien sur que c'était une vraie question. Y en a-t-il de fausses? Par contre votre réponse n'était pas spectaculaire. Laissez-moi-vous en pauser une autre afin de vous permettre de vous rattraper. Quel est votre prénom?
- Celle-ci est super simple. Aurélien. Et vous?
- Adèle, mais vous pouvez m'appeler Marie-Sophie si vous préférez.
- J'aime bien Adèle, va pour Adèle.

Adèle fit tinter sa coupe de champagne contre celle d'Aurélien. Quadra pétillante, elle dénotait par son look décontracté. Tongs aux pieds, jean troué, t-shirt trop large laissant paraitre le lien de son soutien gorge sur son épaule bronzée.

- J'ai un stock considérable d'autres phrases toutes faites sur l'art. J'adore faire genre « je suis une experte ». Mais en fait je n'y connais rien. Incroyable non? J'aime ou je n'aime pas. Point. Ce n'est pas plus compliqué. Vous, je crois que vous me plaisez, mais je n'en suis pas encore certaine.

Semblant ne s'intéresser que peu aux œuvres exposées, elle esquissa soudain un très large sourire semblant être destiné à une toute autre personne qu'Aurélien. A grand renfort d'onomatopées diverses, elle s'excusa auprès d'Aurélien, lui promettant de le retrouver plus tard. Elle fendit la foule sans autres explications. Un peu déstabilisé par son attitude, Aurélien se remit à contempler les toiles comme si rien ne s'était passé. Alors qu'il essayait de se donner une certaine contenance, et sans qu'il ne s'y attende, une main lourde lui tapota le dos. En se retournant, il n'en cru pas ses yeux. Il mit quelques secondes à réaliser qui se trouvait face à lui.

- *John! Mais c'est un truc de fou! Mais qu'est-ce que vous faites ici? C'est incroyable!*
- *Il me semblait bien vous avoir reconnu Aurélien, même de dos. Vous nous avez inquiété vous savez l'autre jour. Comment allez-vous?*
- *Ha oui, non mais il ne fallait pas. J'ai des petites crises d'acouphènes parfois. Elles ne sont pas graves, simplement gênantes et douloureuses. Si vous saviez comme je suis heureux de vous revoir!*
- *J'en suis ravi aussi. Pour tout vous avouer, je suis simplement passé faire la bise à la galeriste qui est une amie. J'allais partir lorsque je vous ai aperçu. Je suis donc venu vous saluer avant de filer. J'ai rendez-vous et je suis déjà très en retard.*
- *Non! John, pour tout vous avouer moi aussi, j'aurais vraiment aimé que vous me parliez un peu plus de mon père.*
- *Aurélien, très franchement, je ne connaissais que peu votre papa. Nous travaillions tous les deux pour la White Stone mais nous n'étions pas dans le même service. Ce n'était pas un ami au sens propre du terme. A peine un collègue que je croisais à de rares occasions.*

- *Vraiment? Je vois. Dommage, je croyais que vous le connaissiez mieux que ça. Mais dans ce cas comment avez-vous fait le rapprochement que j'étais son fils?*
- *Vous savez Aurélien, malheureusement, ce qui est arrivé à votre papa ne peut pas s'oublier. Ce fut un accident horrible. Un drame qui a marqué les esprits par son coté spectaculaire et incompréhensible. Malgré tout, et même si j'ai su après qu'il rencontrait des difficultés à cette époque, il avait la réputation d'être un très grand professionnel. En ce qui concerne le rapprochement, comme vous dites, ce n'est pas très compliqué, vous lui ressemblez comme deux …*
- *Des difficultés? Quelles difficultés? De quoi parlez-vous?*
- *Je ne fais que vous répétez ce qu'il se disait à l'époque. Vous l'ignoriez? Je me suis laissé dire que malgré son professionnalisme,*

il n'était pas en odeur de sainteté avec la Direction. Peut-être ne s'agissait-il que de vulgaires rumeurs.

Le téléphone de John se mit à sonner, ce qui eu pour effet d'accrocher une horrible grimace à son visage. Palpant ses poches, il l'extirpa précipitamment. Après avoir vérifié qui l'appelait, il se décida à répondre au coup de fil en forme de rappel à l'ordre.

- Ne quitte pas! Je suis désolé Aurélien, je ne peux rien vous dire de plus. Encore une fois nous n'étions pas proches. Je suis ravi de vous avoir revu en tout cas. N'hésitez pas à repasser pour une partie de pétanque si le cœur vous en dit. Je dois vraiment y aller. Oui chérie, j'arrive, je suis parti.

A son tour, John, téléphone collé à l'oreille, fendit précipitamment la foule, s'y noya et disparut complètement.

Aurélien, coupe de champagne tiède à la main, resta hébété par la conversation. Sa déception devait se lire sur son visage. Jusqu'à cet instant, il pensait ne jamais revoir John. Il s'était trompé. Il pensait apprendre plus de choses sur son père. Il s'était trompé. Il pensait que ce dernier était fier de son travail et qu'il était estimé par ses chefs. Il s'était trompé. Il pensait que les toiles de STAN n'étaient pas si mal. Il s'était trompé. Il en contemplait une. Elle lui dona subitement l'envie de vomir. Ce n'était finalement que de la merde. Il faillit y balancer le reste de son champagne mais se ravisa.

A son tour, il entreprit la traversée de la foule compacte, pour se retrouver, quelques coups de coudes plus tard, sur le trottoir. Face à lui, la Rolls taguée n'avait pas bougée. Il y projeta le contenu de son verre. Seules quelques gouttes atteignirent le véhicule. Sa coupe était vide depuis longtemps. Il ne l'avait pas remarqué.

Cet acte stupide le fit se sentir ridicule, mais aucun témoin présent pour lui confirmer son sentiment. Aurélien leva les yeux vers le ciel.

Les étoiles scintillaient déjà, seules accusatrices de son geste idiot. Comme pour l'oublier, il s'alluma une cigarette.

- *Ha! Le voila enfin! Tu sais que je te cherche depuis, au moins, deux bonnes minutes?*

Aurélien n'eu pas de mal à reconnaitre la voix haut perché d'Adèle. Il ne parut pas choqué par sa soudaine familiarité. Curieusement il trouvait cela agréable, presque réconfortant. Il se retourna face à elle et lui tendit son paquet de cigarette sans un mot. Elle en alluma une, sans le remercier.

- *Alors? T'es-tu laissé tenter par une toile?*
- *Non. Je ne savais pas trop mais finalement je me suis fait mon avis. En fait, c'est de la merde! Désolé si je te déçois.*
- *Oulla beau gosse, tu penses ce que tu veux. En vrai, je me moque complètement de ton avis! Non, je voulais simplement savoir si tu avais acheté ou pas. Et moi non plus je n'étais pas vraiment fixée mais je viens de me faire mon avis aussi. En fait, tu me plais.*
- *On peut dire que tu es assez directe comme femme toi.*
- *Assez oui. A presque cinquante ans je ne fais plus de détours. Je t'offre un verre?*
- *Très directe!*
- *Comptes-tu me faire remarquer toute la soirée mon coté direct ou tu réponds à ma question?*
- *Ok, Ok, avec plaisir. Par contre je ne suis que de passage à Monaco et du coup je ne sais pas trop où ...*
- *Pas la peine, laisse tomber, on va chez moi. Au moins il y a de la bonne musique.*
- *Ha? Chez toi? Ok. Moi ça me va ! Tu habites loin d'ici parce que si c'est le cas on peut prendre ma voiture, il faut juste que ...*

- *Ta voiture? Ha, ha! J'adore! Non c'est bon, je n'ai pas envie de voir ta groooosssssse voiture. On va y aller à pied.*

- Je ne disais pas ça pour te montrer ma voiture et puis ce n'est pas vraiment une grosse voiture.
- Attends beau gosse, tu sais que je me moque de ta voiture qui coute un rein?
- Mais comment sais tu que ma voiture coute ou pas un rein?
- La Galerie Artclub n'envoie pas ses invitations au hasard. On ne les trouve pas non plus dans les paquets de lessives ou dans des œufs en chocolat. A vingt mille balles le tableau elle sélectionne son public si tu vois ce que je veux dire.
- Je vois. Tu as donc une grosse voiture toi aussi pour avoir eu droit à l'invitation.
- Au risque de te surprendre beau gosse, moi, je n'ai pas besoin d'invitation pour entrer. Du coup, non je n'ai pas de grosse voiture. Comprendo?
- Heu non, comprendo pas trop, c'est quoi ton secret?
- Lève la tête!
- Pardon?
- Retourne-toi. Regarde la façade de la galerie. Lève la tête et dis-moi ce que tu vois.
- Je vois ... Des étoiles.
- Un peu plus bas.
- Trois étages avec des fenêtres. Et peut-être une terrasse au dernier mais je ne suis pas certain.
- Voila, c'est ça mon carton d'invitation.
- Je ne comprends pas. Que veux-tu dire par c'est mon carton d'invitation?
- C'est pourtant simple, la galerie, toutes les fenêtres et la terrasse peut-être, tout cela m'appartient. Allez viens, suit moi, allons vérifier cette histoire de peut-être terrasse.

27

La galerie Artclub se situait dans le vieux Monaco. Le quartier avait été épargné par la folie des promoteurs et leurs constructions modernes. De petits immeubles en pierre se faisaient face, séparés par une rue étroite aux larges trottoirs. Les murs peints de couleurs ocres, parsemés de volets pastels, donnaient à l'endroit un coté provençal très apprécié des touristes. Carte postale typique.

L'immeuble que possédait Adèle comptait trois étages au dessus de la galerie. Répartis en plusieurs appartements, elle occupait le dernier niveau.

- *Laisse-moi te prévenir beau gosse. A l'époque et sous prétexte que ça n'existait pas, l'architecte n'a pas jugé utile d'installer un ascenseur. J'habite au troisième, si la montée ne te fait pas peur, suivez le guide!*

La cage d'escalier de petite taille desservait des paliers ou de larges portes de bois laissaient deviner des intérieurs cossus. Deux appartements par étage, seul le dernier niveau n'en comptait qu'un.

- *Et nous voila arrivés! Entre! Ne fais pas trop attention au désordre.*

Adèle enclencha un interrupteur et plusieurs lampes réparties dans le vaste salon s'allumèrent. Elles dégageaient toutes une faible lumière tamisée, créant une ambiance assez chaleureuse. La pièce, parfaitement rangée, donnait coté rue. Les éclairages extérieurs traversaient les persiennes en zébrant le décor. En son centre, séparés par une immense table basse, deux larges canapés se faisaient face.

- *Ha, visiblement il n'y a pas de terrasse ici beau gosse, à moins que ...*

Adèle ouvrit une porte et disparue dans un couloir étroit. Ses bruits de pas résonnèrent sur ce qui semblait être un escalier métallique.

- *Tu me suis ou je dois te prendre par la main?*

Aurélien s'exécuta. Après avoir gravi plusieurs marches en colimaçon, il pénétra dans une vaste chambre. Un lit imposant occupait presque à lui seul toute la superficie de la pièce. De larges baies vitrées donnaient sur une agréable terrasse.

- *Ha ben si, il y'a une terrasse dis donc!*
- *C'est superbe Adèle! Vraiment.*
- *Moi aussi j'adore. Le seul problème c'est que pour faire la fête dehors il faut passer par ma chambre. Ce n'est pas toujours très pratique, mais bon, je fais avec. Allez, viens, on va se prendre un verre en bas.*

Adèle se précipita dans les escaliers. Aurélien, venant de comprendre que la visite était terminée, il la suivi d'un pas moins rapide.

- *Tu bois quoi? Un mojito? Sans me venter, je les fais très bien.*
- *Va pour un mojito, merci.*
- *Je reviens, installe toi.*

En admiration devant la décoration soignée de cet intérieur chaleureux, Aurélien préféra ne pas s'assoir.

Tapis recouvrant de vieux parquet en bois. Bibelots colorés sur des meubles stylisés. Large bibliothèque garnie de bouquins. Cactus imposant trônant dans un coin de la pièce. Platine vinyle et trente trois tours posés à même le sol. Tabourets bas jonchés de bougies et de cadres photos. Tableaux abstraits exposés sur des murs vert canard.

Cheminée en pierre surplombée d'un miroir d'époque. Intérieur bohème chic d'une quadra branchée.

- Ravissant comme intérieur. Il est à l'image de sa propriétaire.

Un plateau dans les mains, Adèle réapparut sans laisser le temps à Aurélien de répondre à Victor. Elle le déposa avec précaution sur la table basse. Il contenait deux verres de mojito, un petit bol d'olives, des sucreries, une boite argentée et un cendrier.

- *Je fais gaffe car je suis en général très maladroite. Tu peux t'asseoir beau gosse, tu ne payeras pas plus cher.*

A nouveau, Aurélien s'exécuta. Elle prit place à ses cotés. Après avoir retiré ses tongs. Elle posa ses pieds nus contre la jambe du jeune homme. Ce contact inattendu déclencha chez lui un rire nerveux. Un peu gêné, il porta son verre à ses lèvres et en bu une gorgée.

- *C'est vrai que tu maitrises. Il est délicieux ton mojito. Je peux te poser une question?*
- *Veux-tu savoir ce que je maitrise d'autre? Non, je rigole je te réserve la surprise. Vas-y beau gosse, pose ta question.*
- *Heu, oui, justement, pourquoi tu ne m'appelle pas par mon prénom?*
- *Tu n'aimes pas le terme « beau gosse »?*
- *Si, si, mais bon, comme j'ai aussi un prénom je me disais ...*
- *Tu veux vraiment savoir?*
- *Oui*
- *Alors ferme les yeux.*

Aurélien obéit une nouvelle fois, curieux de découvrir ce qu'elle allait encore inventer. Quand il senti sur sa joue se poser la langue d'Adèle, il comprit que sa réponse ne serait pas forcement verbale. Elle glissait doucement sur sa peau et vint se poser sur ses lèvres. Il les ouvrit et un baiser sensuel s'engagea. Puis, doucement, Adèle reprit sa position et bu à son tour une gorgée de mojito.

- *Ha oui! Et bien ce genre de chose tu maitrises aussi. Félicitations. Mais bon, je dois avouer que ta réponse est étonnante, agréable, mais étonnante.*
- *J'adore! Maintenant, tu veux vraiment savoir beau gosse?*
- *Oui*

- *Si tu y tiens. Mais tu risques de ne pas aimer mon autre réponse, et peut-être mal la prendre. Du coup, je me dis que j'aurais au moins eu ta langue dans ma bouche.*
- *Charmant!*
- *J'espère qu'elle ne va pas vous demander de tout faire les yeux fermés.*
- *En vrai, c'est plutôt simple. Quel est ton prénom déjà beau gosse? Je l'ai oublié et je trouve que beau gosse te va bien. En tout cas c'est mieux que machin.*

Aurélien lui adressa un large sourire. Il posa sa main sur sa cuisse et se pencha vers elle. Il sentit le pied d'Adèle se plaquer sur son sexe et le caresser doucement. Alors que leurs lèvres se rapprochaient elle le repoussa.

- *Non Monsieur! Réponds d'abord à ma question!*
- *Ha oui, pardon. Je m'appelle Aurélien.*
- *Mais oui ! Maintenant que tu le dis. Aurélien. Je me souviens. Dis-moi Aurélien, ça a l'air de bien fonctionner entre tes jambes? J'adore! Tu sais ce que j'aime?*
- *Heu, je n'ose pas trop te poser la question, mais je t'écoute.*
- *J'aime plusieurs trucs en fait. J'aime les bougies allumées. J'aime le chocolat. J'aime aussi prendre mon temps. Et surtout, j'aime baiser âpres avoir fumé un pétard. Tu fumes?*
- *Si je fume des pétards? Oui, c'est déjà arrivé, comme tout le monde mais …*

- *J'adore! Je vais monter me rafraichir. En attendant tu vas allumer toutes les bougies et nous rouler un pétard. Tu as tout ce qu'il faut dans la boite sur le plateau. A de suite beau gosse. Pardon, Aurélien.*

Adèle s'extirpa brusquement du canapé pour se précipiter dans le couloir menant à l'escalier métallique. Aurélien lui, ne bougea pas. Espérant calmer son excitation, il bu, à la paille, quelques gorgées de mojito. Il se trouva un peu ridicule avec ce bout de plastique dans la bouche. Quant à sa différence d'âge avec Adèle, elle avoisinait les vingt ans. Il se crut presque comme un petit garçon à qui on avait demandé de sagement prendre son gouter et de faire ses devoirs. Il ouvrit la boite métallique. Elle contenait de quoi réaliser un pétard digne de ce nom.

- C'est donc cela de l'herbe. Je ne crois pas en avoir déjà vu. On en apprend tous les jours. Vous savez confectionner un joint je suppose?
- *On dit « rouler » Victor. Et pour répondre à votre question, bien sur que oui je sais les rouler. Ravi à mon tour de vous faire découvrir quelque chose. Mais je vais commencer par m'occuper des bougies.*

Sur la cheminée du salon se trouvait un premier groupe de bougies au milieu desquels trônait une vieille photo encadrée. La flamme vacillante de l'allumette l'éclaira, laissant apparaitre une petite fille tenant par la main ce que l'on devinait être sa grand-mère.

- Un instant Aurélien. Arrêtez vous sur ce cadre s'il vous plait et éviter de trop bouger.

Le jeune homme s'exécuta sans protester.

- Je suppose que vous ne connaissez pas le nom de famille de la propriétaire des lieux.
- *Non. Seulement son prénom. Pourquoi?*

- Je n'en suis pas certain, mais je pense qu'elle vous a menti. Je doute fort qu'elle se prénomme Adèle. Essayer de la faire parler de cette photo. C'est important. Très important.
- *Je vais essayer mais elle est vraiment imprévisible. Je ne suis pas certain d'y arriver.*
- C'est vraiment important Aurélien. Permettez-moi d'insister.
- *Ok. Mais, il y a un problème?*
- Peut-être, oui. Il se pourrait que je vous demande de vous en aller.
- *Pardon?*
- S'il s'agit de ce que je pense, je vous prierais de quitter les lieux sur le champ. Il est hors de question qu'il se passe quoi que ce soit avec cette prétendue Adèle.
- *Non mais je rêve? C'est une blague? Elle est chaude comme une baraque à frites et vous voulez que je dégage la queue entre les jambes?*
- Dois-je vous rappeler que vous ne décidez de rien Aurélien? Vous avez plutôt intérêt à obéir! Si je vous demande de partir, vous partez. Est-ce bien compris?
- *Ben voyons! Elle m'a chauffé comme une malade! Et, et si je refuse d'obéir?*
- Si vous refusez de suivre mes ordres? C'est bien votre question? Je vais vous expliquer ce qu'il se passerait dans ce cas.

Les escaliers métalliques se mirent à vibrer, annonçant le retour imminent de la propriétaire des lieux.

28

L'écho métallique des pas d'Adèle sur l'escalier de fer résonnèrent. Elle ne réapparu pourtant pas immédiatement dans le salon ou l'attendait Aurélien. Aux bruits provenant de ce qui semblait être la cuisine, il devina qu'elle devait préparer de nouveaux cocktails.

Victor profita de ce répit pour reprendre sa démonstration.

- Vous n'avez jamais été avare de questions Aurélien. Cependant, certaines importantes n'ont pas été posées. Par exemple, jamais vous ne m'avez interrogé sur l'utilité de votre implant sous cutané. C'est pourtant une merveille de technologie. Je vais être bref. Outre un traqueur GPS m'indiquant en permanence ou vous vous trouvez, cet implant est équipé d'un système électrique très sophistiqué. Une sorte de tazer miniature. Ainsi, par la simple pression d'un bouton se trouvant devant moi, je peux décider de l'intensité électrique à vous infliger. Un conseil jeune homme. Je joue avec vous mais ne tentez surtout pas de faire l'inverse. J'espère que c'est bien compris.

Adèle réapparu enfin dans le salon. Sous les yeux médusés d'Aurélien, elle déposa, sans un mot, deux autres mojitos sur la table basse. Son jean et son t-shirt trop ample avait fait place à un simple peignoir de soie blanche. Décolleté plongeant et large échancrure offraient une vue imprenable sur une partie de ses dessous rose fluo.

- *Je vois que tu n'as pas fait grand-chose en mon absence. Je vais m'occuper du pétard.*

Elle s'assit sur le canapé. Tira une feuille de cigarette de la boite argentée et commença à y étaler l'herbe. Ses jambes nues et bronzées se découpaient sur le blanc nacré du peignoir entrouvert. Elle porta la feuille de papier garnie à ses lèvres et la lécha délicatement sans quitter Aurélien du regard. Puis elle roula le tout pour obtenir un cône parfait qu'elle exhiba fièrement.

Le jeune homme ne pouvait dégager son regard de cette scène fascinante. Mais soudain, le noir complet se fit. Comme si on lui avait bandé les yeux, il n'y voyait plus rien. Puis, tout aussi soudainement, sa vision parfaite revint. Une sorte de long battement de paupières sans avoir pour autant fermer les yeux.

- Je peux également vous rendre aveugle Aurélien. Ces lentilles sont une vraie prouesse technologique. Masquer vos yeux sans aucune possibilité pour vous de voir quoi que ce soit. Ce doit être angoissant comme sensation. Je vous le répète encore une fois, il ne se passera rien avec elle tant que je n'ai pas ma réponse. Je veux son nom.

Aurélien continua à allumer les bougies comme si le rappel à l'ordre de Victor n'avait pas eu lieu. Pourtant une goutte de sueur perlait sur sa tempe. La démonstration de Victor ne l'avait pas laissé indifférent. Il n'avait pas le choix et il le savait.

- *Elle est jolie cette photo. C'est toi petite?*
- *Oui. J'adore. C'est moi toute petite avec ma grand-mère. Tu as vu comme elle était belle?*
- *Oui, une jolie femme en effet, et une très belle photo.*
- *C'était ma deuxième maman. Elle est partie il y'a 6 ans. Je ne l'ai malheureusement pas assez connu.*

- *Je suis désolé. Elle s'appelait comment?*

- *C'est à elle que je dois tout ca. Je veux dire le duplex, enfin l'immeuble. Elle me l'a offert pour mes vingt ans. Sympa comme preuve d'amour non?*
- *Tu m'étonnes!*
- *Le genre de cadeau que tu ne refuses pas. Mais bon, le plus beau restait son affection et sa tendresse pour moi. Elle était ma reine et moi sa princesse. Bref, on ne va pas passer la soirée sur ma grand-mère, ça va me filer le bourdon.*
- *Je comprends, mais, elle s'appelait comment?*
- *Pourquoi c'est important?*
- *Non, pas vraiment mais j'aime bien connaitre les prénoms. Un peu comme toi si tu vois ce que je veux dire ?*

Doucement, Adèle se leva du canapé pour aller s'accroupir devant la platine vinyle. Elle passa en revue les trente trois tours, son peignoir entrouvert. Aurélien jouissait encore une fois d'une vue plongeante lui laissant entrevoir une culotte trop échancrée. Avec des courbes plutôt avantageuses, Adèle ne faisait pas son âge. C'était une très belle femme qui savait en jouer. Une nouvelle fois, et tout aussi subitement, Aurélien perdit la vue. La peau bronzée et le rose fluo des sous vêtements laissèrent place à un écran noir. Quelques secondes qui lui parurent une éternité, avant que sa vision ne revienne.

- *Insistez!*
- *Ça te gène de me le dire ? Promis, ensuite on en parle plus.*
- *Tu aimes les Stones Aurélien?*
- *J'adore!*
- *Tu te moques de moi? Je sais que j'ai un tic avec ce mot.*
- *Si je me moque? Absolument pas!*
- *Marguerite. Son prénom c'était Marguerite. C'est bon? Tu es contant?*
- *Margueritte Bastier?*
- *Pardon?*

- *Quoi pardon? J'ai répondu à ta question non? Maintenant j'aimerais que tu me lâches avec ma grand-mère. Je n'ai pas vraiment envie de baiser avec mamie en tête! Comprendo?*
- Demandez-lui! Margueritte Bastier?
- *Margueritte Bastier?*

A ces mots, Adèle se leva brusquement. L'air coquin qu'elle arborait jusqu'ici fit place à un regard noir. Elle ne répondit pas à la question posée, préférant s'assoir sur le canapé pour s'allumer le cône qu'elle avait si parfaitement préparé. Après quelques bouffées, elle fixa sévèrement Aurélien.

- *Qui es-tu?*
- Pardon?
- *Qui es-tu pour connaitre le nom de ma grand-mère?*
- Je, comment te dire, c'est un peu compliqué.
- *Répétez mot pour mot ce que je vais vous dire sans chercher à comprendre.*
- Je, je vais t'expliquer.
- Voila Adèle, ça va certainement te paraitre incroyable mais c'est pourtant la vérité et un concours de circonstance inouï. A la mort de mon grand père j'ai retrouvé une petite boite qu'il avait cachée dans sa cave. Elle contenait peu de choses. Trois Louis d'or, des papiers certainement important et la photo d'une femme qui n'était pas ma grand-mère. Au dos de la photo il y avait une inscription.
- *Continue Aurélien.*
- Il était inscrit « A mon Théodore chéri pour Toujours »
- *Théodore? Non! Et? Continue ton histoire à la con!*
- Le mot était signé Margueritte Bastier.

Adèle resta silencieuse. Elle se leva doucement, tira une profonde bouffée sur le pétard avant de l'écraser nerveusement dans le cendrier.

Les yeux rouges, son regard furieux perçait celui d'Aurélien. Elle porta ses mains à sa ceinture en soie et en défit méticuleusement le nœud de fermeture. Dans un lent mouvement, le peignoir glissa sur sa peau pour finir sa chute au sol. Elle se tenait droite comme un i face à Aurélien. A demi nue, seuls ses fins sous-vêtements cachaient son intimité. Bouche bée, Aurélien n'osait ni bouger, ni même parler, à peine se contentait-il de respirer.

- *Elle est plutôt bien conservée la petite fille de Margueritte non ? Ce que tu ne sais pas et que tu ne sauras jamais c'est qu'en plus elle est hyper douée niveau câlins. Elle adore ça mais tu ne le sauras jamais pour la simple et bonne raison que le petit fils de ce salaud de Théodore, même pas en rêve il la touche. Tu vois, Mamie m'a souvent parlé de ton fumier de grand-père. Tu sais qu'il l'a abandonné comme une merde ? Elle était folle de lui et ce salaud la laissé tombé du jour au lendemain sans raisons ni explications. La classe non ? Même avant sa mort, quand nous en discutions, les larmes lui montaient. Tu savais que ton grand-père était une vraie saloperie ?*

Rouge de colère, sa bouche tremblait en prononçant ces mots remplis de haine. Ses poings fermés se faisaient menaçant. Tous ses muscles s'étaient contractés. Sa violence verbale anesthésia Aurélien qui peinait à croire cette histoire invraisemblable. Adèle, petit fille d'un amour de jeunesse de Théodore se tenait aujourd'hui, moitié nue, face à lui. Hasard incroyable. Situation impossible. Ne sachant plus quoi penser, sa seule certitude à cet instant était qu'une furie le fustigeait du regard. Par expérience, il savait aussi qu'une femme blessée pouvait être aussi dangereuse qu'une chienne enragée.

Le claquement de la porte d'entrée fut la seule réponse d'Aurélien.

29

Séjourner dans un Palace présentait de nombreux avantages. L'un des plus appréciables était qu'il pouvait être servi à ces clients privilégiés a peu prés tout et n'importe quoi, à n'importe quelle heure. Les envies des plus exigeants, presque tous leurs caprices, pouvaient être exhaussés. Un véritable paradis pour enfants gâtés, souvent gâteux.

De retour dans sa suite, Aurélien se contenta de passer commande d'un burger accompagné de frites et d'une bière mexicaine. Le réceptionniste lui précisa qu'un plateau lui serait monté en chambre d'ici peu.

Exténué, le jeune homme se laissa tomber sur le canapé de sa terrasse. L'air était frais. Les étoiles scintillaient dans un ciel qu'il devinait sans nuage.

Crépitement de briquet, flamme dansante, poumons embrumés. En recrachant lentement la fumée de sa cigarette, Aurélien, songeur, contemplait les volutes se dissiper comme des fantômes turbulents. A cet instant, il s'aperçu qu'un élément manquait au décor habituel. La méditerranée n'avait pas bougée, la lune non plus, mais le yacht de Victor avait disparu.

Il essaya d'engager la conversation avec ce dernier mais ses oreillettes restèrent désespérément muettes. Ce silence inquiéta Aurélien et le doute s'empara de lui. L'épisode « Adèle » avait-il provoqué le départ soudain de Victor, ou pire, signé la fin de l'aventure?

Pouvait-il sérieusement soupçonner Victor de ne s'être servi de lui qu'à la seule fin de « voir » Adèle? Même si cette hypothèse était envisageable, elle restait peu probable. Tant d'efforts déployés pour un tel résultat paraissaient un acte insensé.

Une autre supposition, plus sérieuse cette fois, pouvait être émise. La résistance d'Aurélien aux ordres de Victor aurait-elle pu pousser ce dernier à rompre le contrat? Cependant, un tel coup de tête ne ressemblait pas au fonctionnement du vieil homme.

La encore, cette théorie ne tenait pas la route.

Une seule certitude demeurait. Aussi incroyable que cela semblait paraitre, un rapport entre Théodore, Victor et Adèle existait. Plus abracadabrant encore, Aurélien avait fait la rencontre de cette dernière par hasard. Aussi étranges qu'inexplicables, ces mystères ne faisaient qu'intriguer Aurélien. Malgré tout, ces énigmes n'étaient pas sa première source de préoccupation. Elles passaient au second plan. Il y avait autre chose, autre chose de bien plus inquiétant selon lui.

Ce soir, il réalisa l'emprise écrasante de Victor sur sa propre vie.

Ce soir, il comprit le réel pouvoir du vieil homme. Un pouvoir qu'il avait sous-estimé et qui faisait naitre en lui un sentiment nouveau.

Ce soir, Victor avait prouvé sa capacité de contrainte.

Ce soir, il sentit qu'il n'était plus qu'un simple pantin bardé de technologies. Vulgaire cobaye de laboratoire anxieux.

Ce soir, et pour la première fois, un sentiment nouveau venait de germer dans l'esprit d'Aurélien.

Plongé dans ces sombres pensées, il en fut soudainement extirpé par de légers coups frappés contre sa porte d'entrée. Aurélien, contrarié de ne pas pouvoir poursuivre son raisonnement, se leva pour aller ouvrir.

- *Bonsoir Monsieur, où souhaitez-vous que je dépose votre repas?*

La terrasse lui parût l'endroit idéal pour profiter de ce moment réconfortant. Alors que le serveur s'apprêtait à prendre congé discrètement, Aurélien l'interpella.

- *Excusez-moi! Je me demandais s'il me serait-il possible de pouvoir accéder à ma voiture? En fait, j'y ai laissé un objet de valeur et je souhaiterais le récupérer maintenant. Je sais qu'il est tard mais je ne dormirais pas tranquille sans lui. Ce serait vraiment sympa à vous si vous me rendiez ce grand service.*

L'employé du Palace lui répondit que cela ne posait aucune difficulté. Sa voiture lui serait déposée sur le parking de la réception dans moins d'une petite heure. Aurélien le remercia chaleureusement avant de refermer la porte et de s'installer enfin devant son repas.

- Bon appétit Aurélien.
- *Victor? Moi qui pensais ne plus avoir de vos nouvelles pour un petit moment?*
- Pour quelle raison vous laisserais-je sans nouvelles?
- *Non, je ne sais pas. J'ai remarqué que votre yacht n'était plus la et du coup je me disais ...*
- Vous pourriez être à l'autre bout du monde que notre système de communication fonctionnerait. La distance ne compte pas. Mais si cela peu vous rassurer j'ai mis le cap sur l'Italie pour quelques jours.
- *Ha d'accord. Et concernant la soirée, je pourrais avoir une explication?*
- Je me doutais que ces événements entraineraient des interrogations de votre part. Cependant, sachez-le, je n'ai à me justifier de rien. Je me contenterais de vous dire qu'Adèle est la petite fille d'une ancienne amie de Théodore, ce que vous avait du saisir. Je ne l'ai pas reconnu car le prénom qu'elle vous a donné n'était pas le sien. Théodore et moi-

même avons bien connu sa grand-mère. Ce qui s'est passé entre elle et lui ne concerne qu'eux. Même si Théodore n'a pas toujours été très respectueux des règles, même si ses méthodes ont souvent posé problème, par amitié pour lui et par respect pour Margueritte, il n'était pas question qu'il se passe quoi que ce soit entre vous.
- *Admettons. Je peux comprendre. Ce qui m'échappe par contre c'est la probabilité qu'une telle rencontre puisse se produire?*
- Je ne suis pas mathématicien jeune homme. Une chose est certaine, Monaco est un village. Tout le monde connait tout le monde. Cette rencontre comme vous dites n'a rien de si étonnant.
- *Si vous le dites. J'ai une autre question. Je peux?*
- Je vous écoute.
- *Vous me réservez d'autres surprises pour me contraindre à vous obéir?*
- Dois-je vous rappeler les termes de notre contrat Aurélien? Votre vie m'appartient à présent. Outre le fait qu'elle me coute assez chère, il me semble normal de m'assurer pouvoir vous garder dans le droit chemin ou de vous y remettre si nécessaire. Estimez-vous heureux que je n'aie pas confié cette mission à Théodore. M'obéir est votre seul devoir jeune homme. Tachez de ne pas l'oublier. Bonne fin de soirée.
- *Attendez, encore une chose! Vous êtes la? Victor?*

Il n'y eu pas de réponse. Le silence éloquent de Victor prouvait une nouvelle fois qu'il menait le jeu comme il le souhaitait. Lui seul décidait de ses allées et venues dans les tympans d'Aurélien, tout comme il contrôlait son regard selon ses envies. Unique maitre à bord. Position qui lui conférait le pouvoir de sévir au besoin. Aurélien réalisât pleinement son statut de simple marionnette. Ainsi, ce sentiment nouveau qui grandissait dans son esprit n'était autre que la peur.

Burger frites à moitiés consommés, cigarette allumée, écrasée aussitôt.

Porte de chambre claquée. Couloir désert. Cage d'ascenseur trop éclairée. Comptoir d'accueil. Réceptionniste attentif.

- *Bonsoir Monsieur, votre véhicule est en route. Il sera là dans quelques minutes. Puis-je faire autre chose pour vous Monsieur?*

Après l'avoir remercier poliment, Aurélien sortit patienter face à l'entrée du Palace. Sur le parking, alignées, plusieurs voitures de luxes attendaient sagement leurs propriétaires. Jamais l'occasion d'en contempler un si grand nombre ne lui avait été donnée. Jusqu'ici, il s'imaginait naïvement qu'une telle concentration ne pouvait exister que dans les productions hollywoodiennes. Certains privilégiés vivaient leur vie sur grand écran, quand la plus grande partie se contentait d'un vieux poste de télévision en noir et blanc. Triste constat.

« Putain de destin » jura-t-il.

A quelques mètres de lui, un taxi se gara. Un couple élégant en sortit. A leur façon d'en descendre, Aurélien devina leur ivresse. A leur façon de se serer l'un contre l'autre, il devina leur affection. A leur façon de s'embrasser, il devina leur passion. Elle les dévorait encore.

Aurélien ne jura pas.

Détournant le regard de cette scène, il aperçu au loin la silhouette de son bolide. Elle se rapprocha pour venir s'immobiliser doucement face à lui. Le voiturier en sortit et lui tendit les clefs.

- *Merci, vous êtes adorable. Je n'en ai pas pour longtemps. Je vous laisse la ramener au garage ensuite.*

Parfum de cuir. Boite à gant déverrouillée. Lueur de métal. Acier froid contre peau moite. Revolver plaqué entre caleçon et pantalon.

Comme un deuxième sexe dissimulé sous une chemise froissée.

30

Nerveux à l'idée de porter un revolver sur lui, Aurélien ne souhaitait surtout pas laisser paraitre son anxiété. Une main, posée sur son bas ventre, il appuya le plus naturellement possible sur le bouton d'appel de l'ascenseur. Après quelques instants, une élégante sonnerie retentit et les portes s'ouvrirent.

En y pénétrant, il salua, sans même le regarder, un jeune homme adossé dans le fond de la cabine. Téléphone portable collé à l'oreille, ce dernier conversait comme s'il était encore seul.

- *Non mais la je suis dans un ascenseur! Mais non ce n'est pas une excuse! Ouai, et, tu sais quoi? J'ai pas envie de parler de ça maintenant! Voila. A plus!*

Au son de sa voix, Aurélien réalisa soudain qui se trouvait à ses cotés, si proche de lui. Totalement incrédule, la fatigue accumulée au cours de sa soirée mouvementée, les angoisses qu'il transportait avec lui, tous ces sentiments disparurent subitement. Une extrême timidité s'empara de lui en le paralysant presque. Doucement, se tournant vers l'homme occupé à pianoter sur son Smartphone, il balbutia :

- *Pardon mais, j'y crois pas, vous, vous êtes bien Coma?*

L'ascenseur s'arrêta et les portes s'ouvrirent pour se refermer presque aussitôt, le temps d'un silence. Quand il reprit sa course, l'homme s'adressa à Aurélien.

- *C'est rare que l'on me reconnaisse dans ce genre d'endroit. Histoire de génération sans doute. Histoire de public certainement. C'est bon ça! Faut que je m'en souvienne!*

- *Ho mon dieu! Je suis un de vos plus grands fans. Putain c'est dingue! Je peux vous ...*
- *Non, écoute, t'es gentil mais la je suis crevé et un peu bourré donc t'oublie les selfies ok?*

L'ascenseur s'immobilisa à nouveau. Coma en sortit le premier d'un pas décidé. Aurélien toujours sous le choc de la surprise, le suivit sans oser ajouter le moindre mot. La vedette ne se retourna pas quand Aurélien se planta devant l'entrée de sa suite, une main toujours posée sur son bas ventre.

Il frôla le malaise quand il constata que Coma était son voisin de chambre.

Il cru mourir quand la vedette lui adressa un clin d'œil alors qu'ils déverrouillaient ensemble leur porte d'entrée.

De son vrai nom Colin Marcel, Coma, rappeur occupant le devant de la scène française, était connu pour ses propos provocateurs. Surnommé le roi de la punch line, sa popularité n'était plus à prouver. Du même âge qu'Aurélien, les thèmes abordés dans ses textes touchaient de plein fouet leur génération.

Enfant, Aurélien s'imaginait que les stars n'existaient qu'à la télévision. Qu'elles vivaient dans un autre monde, un monde parallèle. Un pays interdit au commun des mortels. Un ailleurs ou seul les célébrités jouissaient d'une exposition aux cameras. Un ailleurs mystérieux fait de paillettes et de strass. Un ailleurs qu'il ne connaitrait probablement jamais. Pour la première fois, et si ses croyances avaient perdurées encore aujourd'hui, cette rencontre lui aurait fournit la preuve de sa naïveté enfantine.

Une fois passé la porte de sa suite, à l'abri des regards, Aurélien sortit son revolver de sa cachette. Il remercia la providence qu'un coup de feu malheureux mais surtout mal placé ne se fut produit. Par sécurité, il retira les munitions du barillet qu'il déposa sur sa table basse. Il y aligna les huit balles, petits cylindres dorés surmontés d'un dôme de métal rose. La combinaison de ces formes et couleurs lui firent penser à un pénis fièrement dressé. Cette image l'amusa. Il se dit que sa soirée de sexe avortée devait certainement être à l' origine de cette pensée érotique.

Le revolver était assez lourd. Sur son coté, juste à coté de la crosse, était inscrit ARMINUS HW22. Aurélien, qui s'y connaissait autant en arme à feu qu'en art contemporain, en déduisit qu'il devait probablement s'agir du type de calibre. Le tenant fermement, il leva lentement le bras et pressa sur la gâchette, qui resta bloquée. Après s'être aperçu qu'une petite molette de sécurité en empêchait le fonctionnement, il essaya à nouveau. Un clic net retenti dans le silence de la nuit. Il réarma le chien et fit un nouvel essaie. Avec d'infimes précautions, il glissa délicatement chacune des balles dans le barillet. Il fut étonné de trouver ce geste, encore une fois, très sexuel et en vint à la conclusion qu'une nuit avec Adèle lui aurait fait le plus grand bien.

Aurélien se remémorait la langue de cette créature glissant malicieusement sur la feuille de cigarette, se rappelait la douceur de ses lèvres posées sur les siennes, devinait la manière dont ... mais ces images s'envolèrent subitement, comme un groupe de pigeons effrayés. Quelqu'un venait de frapper à sa porte.

Le moment était véritablement mal venu pour une visite. Il activa la molette de sécurité du revolver et cacha l'arme dans le tiroir destiné à ses calçons. Intrigué par la personne qui pouvait le déranger à une heure si tardive, Aurélien n'entrouvrit que légèrement sa porte.

Déçu de ne pas y trouver Charlotte, rassuré de constater que ce n'était pas Adèle, il adressa un large sourire à Coma en le priant d'entrer.

- *Désolé de te déranger mec, mais bon, je me suis dit que comme tu venais de rentrer tu devais être seul et pas encore couché et que donc, du coup, tu vois, je pouvais me permettre de taper à ta porte.*

- *Mais bien sûr que vous, enfin que tu peux taper à ma porte quand tu veux!*
- *J'ai un petit service à te demander.*
- *Mais bien sûr que tu peux me demander ce que tu veux!*
- *Tu commences toujours tes phrases par « mais bien sur »?*
- *Je, non, je, c'est juste que …*
- *Dis moi, on est sensiblement du même âge tous les deux. Donc on doit aimer à peu près les mêmes choses toi et moi. Du coup j'ai pensé que, bref, j'ai bien envie d'un truc mais je me suis fait planté par mon fournisseur habituel et dans cette ville de vieux je ne sais plus trop à qui m'adresser. Tu comprends?*
- *Mais bien, enfin, oui je comprends.*
- *Tu sais ou je pourrais en trouver?*
- *Trouver quoi?*

Coma dévisagea Aurélien de la tête aux pieds. Le sourire forcé qu'il arborait jusqu'à maintenant s'estompa.

- *Ok, je dors mieux après un petit pétard. Tu sais ou je peux en trouver? Tu en as peut-être?*
- *Ha? Oui bien sûr! Désolé je n'y étais pas. J'ai eu une journée un peu compliquée et du coup j'ai du mal à percuter.*
- *Quoi bien sur? Tu sais ou en trouver ou pas? Tu en as?*
- *Heu … non, désolé.*
- *Et merde!*
- *C'est vraiment dommage parce que justement j'étais chez une fille ce soir qui en avait une boite pleine.*
- *C'est bon ça! Elle est où ta copine? Elle ne voudrait pas dépanner Coma?*
- *Oulla, non je ne crois pas, vue l'ambiance de la soirée, autant te dire que c'est mort. Et sans te vexer, je ne crois pas que tu sois son genre musical.*
- *Il en faut qui ne m'aime pas. Ça équilibre.*

- *Par contre, tu sais que tu peux commander ce que tu veux à bouffer ici? Les cuisines du Palace ne ferment jamais!*

Le sourire forcé de Coma disparu totalement ce coup ci, laissant place à un agacement plus que visible.

- *Non, vraiment? Incroyable mec! Tiens, j'ai un autre tuyau pour toi! Si tu veux une pute pour la nuit c'est au voiturier que tu dois t'adresser. Quand je pense que ce con à été incapable de me dégoter de l'herbe.*
- *Ha ouai? Vraiment? Je ne savais pas!*

Coma se dirigea vers la porte restée entre ouverte. Il s'immobilisa sur le seuil et se retourna vers Aurélien.

- *Demande-lui de t'envoyer Charlotte. Elle est top! Mais schuttt, ce sera notre petit secret. Allez, passe une bonne nuit mec.*

31

A en juger par son humeur exécrable du matin, Aurélien émis un sérieux doute quant à la véracité du dicton disant que la nuit portait conseil. Phrase toute faite à l'usage de crétins naïfs bougonna t-i-il. D'un pas lourd, il se dirigea vers la salle de bain en espérant le réconfort d'une douche bouillante.

Sa soirée de la veille avait été trop riche en émotions et en rebondissements pour que son sommeil n'en fût pas altéré. Outre son repos, son appétit aussi avait fait les frais des ces événements.

Attablé devant un petit déjeuner toujours aussi gargantuesque, incapable d'avaler quoi que ce soit, Aurélien avait beau se forcer, ça ne passait pas.

Il se contenta d'un simple café accompagné d'une cigarette.

Songeur, les yeux dans le vide, repensant à ce dicton stupide, il se mit à méditer sur le coté lucide des certitudes. Alors qu'il s'interrogeait sur le fait que les fous n'avaient certainement pas conscience de l'être, son raisonnement se transforma en une auto-analyse. Aurélien ne pouvait nier son caractère souvent trop crédule. Il savait qu'il lui arrivait d'être naïf, mais se demandait jusqu'à quel point. Etait-il finalement le seul à ne pas comprendre ce qui se jouait autour de lui? Etait-il le niais de service? Comment n'avait-il pas réalisé qu'une fille comme Charlotte ne pouvait être autre chose qu'une call-gril?

- *Organisatrice d'événements! Mon cul oui! Tu m'étonnes qu'elle en organise!*

S'exclama-t-il en écrasant violement sa cigarette.

Offusqués, ses voisins de table le fixèrent le temps d'un silence, puis se remirent, la mine gênée, à savourer leur petit déjeuner.

Cet incident fit prendre conscience à Aurélien de la colère qui dormait en lui. Cette même colère qui l'emportait sur sa réflexion, l'une anéantissant l'autre. Combat sans issue constructive. Constat qui le fit se raisonner. Après tout, il n'était pas amoureux de Charlotte. Il ne pouvait à se point lui en vouloir de tarifer ses rapports sexuels. Sa naïveté l'avait aveuglée sur cette réalité glauque. Objectivement, il ne pouvait rien lui reprocher. Sa colère ne devait être dirigée que sur lui-même. Sa crédulité était la seule responsable. Cette analyse l'apaisa et il esquissa presque un sourire. Finalement, que Charlotte fasse commerce de son corps n'était pas si problématique. Il avait bien, lui aussi, vendu son âme.

Alors qu'il s'apprêtait à quitter la table, Aurélien aperçu Théodore faire son entrée sur la terrasse du restaurant. Aidé d'une canne, le regard noir, ce dernier s'avançait lentement. Il paraissait bien plus en colère que le jeune homme quelques minutes avant.

- *Alors Monsieur Jedraguelaseulefillequilnefautpas, vous avez passé une bonne nuit?*
- *Bonjour Théodore, vous êtes la? Je vois que les nouvelles vont vite. Je suis désolé mais pour hier soir je ne pouvais vraiment pas deviner que ...*
- *Écoutez-moi jeune homme, je n'ai nulle besoin des gadgets sophistiqués de Victor pour vous faire comprendre certaines choses. Je vais vous mettre en garde une seule fois. S'il vous prenait l'envie de revoir la petite fille de Margueritte, je me chargerais personnellement de vous fracasser votre service trois pièces!*

Dans un bruit sec, le pommeau de la canne de Théodore s'écrasa sur la table. Aurélien ne l'avait encore jamais vu afficher un visage aussi menaçant. Stupéfait par cet excès de violence, il comprit que le vieil homme ne plaisantait pas.

- *Est-ce bien clair Aurélien?*

Blême, le jeune homme pesa ses mots avant de répondre.

- *Parfaitement Monsieur.*
- *Je l'espère pour vous.*

Pour ne pas se quitter sur une note aussi négative et afin de faire redescendre la tension entre eux, Aurélien osa lui proposer de prendre un café en sa compagnie. Le vieil homme refusa en montrant plus de souplesse dans ses propos. Aurélien profita de cet apaisement pour poser une dernière question.

- *Je, je pensais que vous aussi étiez parti faire un petit tour en Italie.*
- *En Italie? Non. Je ne vis pas sur le Black Stone et je ne suis pas non plus marié avec son propriétaire.*
- *Pardon?*
- *Quoi pardon? Je ne vois pas vraiment ce que vous ne comprenez pas.*
- *Non c'est juste le nom du bateau qui me ...*
- *Une dernière fois, cessez de jouer avec mes nerfs! Gardez pour vous vos remarques consternantes et vos questions sans intérêts!*

Aurélien n'eu pas le temps d'ajouter le moindre mot. Il resta paralysé face à sa tasse de café renversée. Théodore, vacillant sur sa canne, partit sans se retourner.

L'émotion suscitée par ce moment de tension poussa Aurélien à s'allumer une nouvelle cigarette. Après l'avoir fumée, main tremblante, il se leva pour regagner sa suite.

Etendu sur le lit, contemplant le plafond, Aurélien se remémora les événements qui s'étaient produits depuis le début de son aventure. Se remémorant certaines paroles, se concentrant uniquement sur les faits, il espérait enfin éclaircir certains points encore trop flous. Rester factuel, ne laisser aucune place à l'affect.

Soudain, comme pris de folie, il se jeta sur le téléphone pour joindre la réception.

- *Bonjour. Je souhaiterais pouvoir récupérer ma voiture le plus vite possible. Parfait. Merci. Je descends.*

Moins de quinze minutes après son appel, Aurélien s'installa au volant de son bolide. Piloter un tel engin fit instantanément resurgir sa sensation de bonheur. Antidépresseur luxueux. Cependant, il du réfréner ses ardeurs et son envie de vitesse en raison de la pluie qui venait de se mettre à tomber. Aurélien n'aimait pas conduire dans ces conditions climatiques. Le ciel s'était voilé mais laissait entrevoir au loin une proche éclaircie. L'orage qui grondait ne durerait probablement pas.

Le trajet qui menait au village de ses amis boulistes ne lui fut pas compliqué à se remémorer. En y arrivant, il se gara juste à coté de la Jeep de Pierrot, satisfait de ne pas avoir fait la route en vain.

Sans surprise, il trouva le vieil homme attablé à la terrasse du café.

- *Mais regardez qui vient là! Ça alors? Elle me fait bien plaisir cette visite petit. Assois-toi. Mais par contre, si tu viens pour une pétanque, c'est loupé mon ami.*
- *Merci Pierrot, moi aussi ça me fait plaisir de te voir. Pas de pétanque alors si je comprends bien ?*
- *Et non, je suis tout seul, les autres sont partis. Mais tu tombes pile pour l'apéro? Tu bois quoi?*
- *Partis? Dommage je voulais discuter un peu avec John. J'avais une question à lui poser.*
- *Je crains fort que ce ne soit pas possible. John est en voyage. Il a décollé de Nice ce matin. Une bière petit?*

- *Allez, va pour une bière.*

Aurélien masqua sa déception en s'allumant une cigarette. Son espoir d'éclaircissement venait de s'envoler en même temps que la seule personne capable de lui fournir l'information souhaitée.

- *Nous nous sommes inquiétés l'autre jour. Tu nous as fait peur tu sais?*
- *Ha oui, mais tout va bien. Merci. Tout est rentré dans l'ordre. En parlant de ça, je peux te demander si tu portes un pacemaker?*
- *Un pacemaker? J'ai une tête à porter un pacemaker? Bien sur que non je n'en porte pas. Quelle question! D'ailleurs tu voulais lui demander quoi à John?*
- *C'était au sujet de mon père.*
- *Ha petit, tu sais, ils n'étaient pas proches tous les deux. Ils travaillaient pour le même groupe mais ne se connaissaient pas plus que ça. Ils n'étaient pas amis. Juste des collègues, et encore, comme qui dirait des collègues éloignés. Tu comprends?*
- *Je sais tout ça Pierrot. Je sais qu'ils ne se côtoyaient pas. Qu'ils ne bossaient pas dans le même service. John me l'a déjà expliqué.*
- *Dans ce cas, je ne vois pas ce que John aurait pu te dire de plus. Tu dois aller de l'avant petit. Parler du passé, de ton père, ne changera rien. John n'aurait rien pu faire pour toi.*
- *Je sais. Je voulais juste en savoir un peu plus sur la boite qui les employait tous les deux.*

Les yeux baissés, Aurélien écrasa doucement sa cigarette. Son regard se posa sur ses pieds. Un sentiment de désespoir l'envahi. Il savait qu'il n'en apprendrait pas davantage. Il savait qu'il n'avait plus envie de parler. Il savait qu'il avait besoin d'être seul, qu'il lui fallait retrouver au plus vite sa vieille compagne solitude.

Pierrot rallongea son pastis en y ajoutant un filet d'eau. Il en but une gorgée et se racla la gorge.

> - *La boite qui les employait tous les deux? Tu veux parler de la White Stone petit?*

Aurélien, les mains posées sur les genoux s'apprêtait à se lever pour prendre congé. Mais les mots prononcés par Pierrot interrompirent son élan. Son regard hébété face au visage souriant du vieil homme, il n'eut pour seule réponse un hochement de tête.

> - *Tu sais, je dois te prévenir que je ne connais pas grand-chose sur la White Stone, uniquement ce que l'on m'en a dit. C'est certainement plus ou moins des ragots. Personnellement Je n'y ai jamais bossé. A l'époque c'était une boite qui coulait des millions de tonnes de béton. Après guerre, ils ont obtenus des chantiers colossaux. C'est en grande parti eux qui ont reconstruit le pays. Je te parle de ça il y'a au moins 50 ans. C'était le plus gros employeur privé français. Tu te rends compte? Le gars qui l'a fondé, il est parti de rien. On ne peut pas lui enlever ça. De nos jours ils sont encore dans le bâtiment mais ils se sont vachement diversifier. Ils sont partout ou presque, y compris dans les magouilles politiques et financières. Tu n'as jamais entendu parler de Manalese? Tu devais être trop jeune. Il a lâché un peu les affaires depuis. C'était lui le big boss. Il doit avoir dans les soixante dix ou quatre vingt balais maintenant. Tu sais ce qu'il se raconte?*

Aurélien ne répondit pas. Il se contentait de fixer Pierrot qui ne semblait plus vouloir interrompre son monologue.

> - *Il se dit plein de trucs sur lui. Normal. Ça fait fantasmer des réussites comme la sienne. Une des histoires la plus incroyable à son sujet c'est qu'il parait qu'il y a une quarantaine d'années, il est parti voir comment ça se passait aux états unis. Là-bas il a rencontré un type, un petit jeune, un peu comme toi, qui construisait une*

> machine dans le garage de ses parents. Genre une énorme calculatrice. Il a trouvé ça tellement incroyable le Manalese qu'il lui a filait un gros paquet de dollars pour qu'il termine son invention sans problèmes. Et tu sais qui c'était le gamin ? C'était Will Gate, un des types les plus riches du monde aujourd'hui, l'inventeur de l'ordinateur, le magna d'internet, le grand manitou de la technologie. Théodore Manalese a aidé Will Gate à se lancer, ce n'est pas dingue ça petit ?

Pierrot se mit à rire à gorge déployé et fit signe au patron du café de leur servir une nouvelle tournée. Aurélien resta muet.

> - D'ailleurs, si tu es sur Monaco, tu ne peux pas le louper le Manalese, il y habite un énorme domaine sur les hauteurs mais je ne sais pas ou. Et, comme si ça ne lui suffisait pas, très souvent il y a son paquebot encré dans le port. Tu verras c'est un énorme yacht noir. Je ne sais plus comment il l'a appelé mais je sais que c'est le sien. Ha merde, c'est quoi le nom qu'il lui a donné déjà ?

La pluie avait cessé. Un coin de ciel bleu gagnait du terrain sur le gris qui bâtait en retraite. Le jeune homme leva les yeux pour stopper la course de timides larmes voulant s'en écouler. Il murmura dans un souffle :

> - Le Black Stone.

32

La chaleur revint en même temps que le ciel bleu. L'orage n'avait craché qu'une fine averse déjà presque évaporée. L'autoroute qu'Aurélien emprunta pour rentrer sur Monaco, encore humide, semblait s'être transformée en un miroir géant. Bolide blanc surfant sur les reflets de nuages gris.

Le vrombissement assourdissant de la Lamborghini l'encouragea à une conduite sportive. Pied au plancher, il ne pouvait distinguer autre chose que son propre capot fonçant entre deux lignes blanches. Les voitures qu'il doublait n'étaient plus que des ombres floues. Rouler vite, ne plus penser.

En approchant du péage qui marquait la frontière entre la France et la Principauté monégasque, il descellera. Persuadé d'avoir distingué un flash de lumière blanc quelques instant plus tôt, il se souvint que la gendarmerie aimait cette portion de route. Sa vitesse plus qu'excessive aurait fait le bonheur des autorités. Finir sa journée en garde à vue n'était vraiment pas dans ses intentions.

Le trajet qu'il emprunta pour rejoindre le Palace traversait le quartier commerçant monégasque. Enseignes de luxe et commerces hauts de gamme rivalisaient de démesure. Sur un coup de tête, Aurélien décida de se garer devant l'une d'elle. En vitrines, jeans troués disputaient la vedette à des chemises bariolées. Ne connaissant aucunes des marques présentes sur l'avenue, ne sachant quelle boutique choisir, il poussa la porte de la première venue.

Dès son entrée, Aurélien fut accueilli par un vendeur au large sourire et au look branché. En guise de bienvenue, ce dernier lui proposa un café. Etonné, Aurélien cru d'abord s'être trompé d'établissement. Pourtant, le lieu présentait un large choix de vêtements. Trouvant complètement incongrue la proposition du vendeur, il la refusa sèchement.

Le décor de la boutique semblait tout droit sorti d'un film de science fiction. C'était un mélange fait de grandes plantes naturelles et d'éléments industriels rouillés. Véritables palmiers et autres fougères recouvraient des structures métalliques délabrées. La nature contre la civilisation. Au centre du magasin, trônait la réplique d'un poste de commandement militaire russe. Décoration soignée, ambiance fin de monde. Elle devait sans doute symboliser la prise de pouvoir de la nature après l'apocalypse. Au fond de l'établissement, un écran géant diffusait en boucle la vidéo dune explosion nucléaire. Aurélien avait beau chercher un sens à tous ces artifices, il ne comprenait pas le rapport avec de simples vêtements. Finalement, il trouvait cette atmosphère plutôt anxiogène.

Déambulant au milieu de cet univers improbable, il n'avait aucune idée des articles sur lesquels sont choix se porterait. Passant d'un présentoir à l'autre, son hésitation grandissait en se muant presque en angoisse.

- *Puis-je vous aider Monsieur?*

A la question posée par le vendeur, une nouvelle fois, la réponse d'Aurélien fut négative. Il n'avait besoin de personne pour prendre la décision de comment s'habiller. Personne sauf peut-être de Jessica. C'était elle qui, il y avait encore quelques jours, se chargeait de ses tenues sans même lui demander son avis. Elle qui, par de simples clics sur son clavier, achetait via internet les vêtements d'Aurélien.

Elle décidait.

Soudain, Aurélien s'immobilisa face à un présentoir, la mine sombre.

Jessica décidait.

Victor décidait.

Lui, à cet instant précis, doutait.

Cette annonce, qu'il avait passé dans le but de ne plus subir son existence trop vide, cette même annonce qu'il avait rédigée avec une incroyable détermination le rendait aujourd'hui septique. Vivre, vibrer enfin, autant de sentiments qui semblaient s'éloigner.

Soulignac lui était toujours apparu comme une prison de laquelle il ne pouvait s'évader. Sa vie entière, d'une médiocrité absolue, passée dans ce trou paumé, serait inéluctablement son éternel cachot. Condamnation à perpétuité. Cette fatalité qui le dégoutait avait été la seule et unique motivation de son annonce. Victor avait été son libérateur. Il lui avait offert la délivrance sur un plateau en or massif.

Au final, cette liberté tant espérée ne semblait être qu'une illusion. Lentilles, oreillettes, implants, comme autant de menottes. Aurélien ne décidait réellement de rien. Il subissait tout.

Devenu le pantin vivant d'un vieux milliardaire capricieux, le destin du jeune homme semblait s'acharner sur lui.

Cette métamorphose de vie ne changeait rien. Constat d'échec dans une décoration fin de monde.

- *Monsieur? Tout va bien Monsieur?*

Inquiet par la pâleur de son client, le vendeur lui proposa un verre d'eau fraiche.

- *Excusez-moi. Je pensais à autre chose. Tout va bien, merci.*

- *Vous me rassurer. Surtout, si vous avez besoin du moindre conseil, n'hésitez pas.*
- *Merci.*
- *Comment trouvez-vous notre nouvelle collection ?*
- *Je, c'est-à-dire que, pardon mais je suis un peu troublé.*
- *J'espère que ce n'est pas dû à nos produits.*
- *Non, ça n'a rien à voir.*
- *Nous avons tous nos petits soucis Monsieur. Je suis certain que Stanislas Petrove vous permettra de les oublier l'espace d'un instant.*
- *Pardon ?*
- *Stanislas Petrove Monsieur. Ne me dites pas que vous ne connaissez pas ?*
- *Excusez-moi mais, de qui me parlez-vous ? Je ne comprends pas.*
- *Stanislas Petrove, notre marque. Vous êtes dans une boutique qui porte son nom Monsieur. Vous ne l'aviez pas noté ?*
- *Désolé mais je ne connais pas cet homme, ni vos boutiques.*
- *Je vais vous éclairez si vous le voulez bien. Un homme de votre classe se doit de connaitre notre marque et l'origine de son nom.*
- *Allez-y.*
- *Notre marque Monsieur est un hommage à un héro. Pétrove était officier sur une base militaire russe dont le but était de surveiller d'éventuels tirs de missiles nucléaire américains. De garde un jour de 1983, il fut soudain alerté par son système informatique. Un, puis quarte tirs de missiles avaient été détectés par leur satellite de surveillance. En quelques secondes il analysa la situation et désobéit à ses supérieurs en ne déclenchant pas la procédure de riposte atomique prévue. Le système avait confondus de simples nuages avec des missiles atomiques. Sa décision à sauvé le monde Monsieur.*

Le récit du vendeur laissa Aurélien stupéfait. Il ignorait tout de cet incident. Jamais il n'avait entendu parler de ce personnage, qui en désobéissant, et en quelques minutes fit un choix cruciale.

Un homme. Quelques secondes. Une décision. Le destin de l'humanité.

Cette anecdote, contée au moment précis où Aurélien doutait le plus le bouleversa. Ce fut pour lui comme un électrochoc.

Il demanda si, finalement, un peu d'eau pouvait lui être servi. Sans prêter la moindre attention aux paroles du vendeur il le but d'un trait.

- *Merci pour le verre. Je crois que je vais avoir besoin de vos conseils finalement.*
- *Que rechercher vous exactement Monsieur?*
- *Si seulement je le savais.*

33

Aurélien ralluma le moteur et, dans une explosion de décibels, démarra en trombe.

« Après tout, Monaco se transforme bien en circuit de formule 1 une fois par an, pourquoi ne pas en profiter? » se dit-il.

Quelques virages plus loin, il se gara face à l'entrée du Place. Il jeta les clefs de son bolide au voiturier et monta précipitamment les quelques marches qui le séparaient de la réception. Paquets griffés en main, il traversait fièrement le hall de l'hôtel quand une voix l'interpella.

- *Matinée shopping? Quel dommage, si j'avais su je vous aurez accompagné. J'aime beaucoup faire les boutiques!*

Assise dans un confortable canapé, jambes croisées, téléphone en main, chapeau posé sur ses longs cheveux, Charlotte adressait un large sourire au jeune homme.

- *Charlotte? Quelle surprise! Vous m'attendiez ou vous êtes venue pour un autre client?*
- *Je suis passée vous inviter à déjeuner. Je vous dois bien ça. Mais on m'a dit que vous étiez absent. J'en ai profité pour patienter en passant quelques coups de fil et vous voila.*
- *Un déjeuner? Mais avec plaisir. Je vais me changer et je vous retrouve sur la terrasse.*

La jeune femme se leva lentement. Plus sexy que jamais, toujours vêtue d'une mini jupe et chaussée de talons interminables, elle se dirigea sans un mot vers la salle de restaurant.

De retour dans sa suite, Aurélien arracha les étiquettes de ses vêtements et passa un jean neuf, déjà troué, un simple t-shirt arborant une énorme lettre P et un blouson léger en cuir. Face au miroir de sa chambre, il n'arrivait pas à réaliser qu'il portait sur lui l'équivalant de plusieurs mois de son ancien salaire. Il fouilla dans son tiroir à calçons et descendit rejoindre Charlotte.

Attablée face à la mer, cigarette aux lèvres, elle dévisagea Aurélien avant qu'il ne s'installe à ses cotés.

- *Jolie tenue! Ça vous change Aurélien. Très sympa ce nouveau look. Il y juste une petite chose peut-être.*
- *Quoi? Il y'a un truc qui ne va pas?*
- *Non, simplement, si je peux me permettre, le fait de porter du Petrove de la tête aux pieds, c'est peut-être, comment dire, un peu too much.*
- *Ha oui? Vraiment? Je ne sais pas.*
- *Je vous taquine Aurélien, j'aime beaucoup. Champagne?*
- *Champagne! Commençons par une bouteille.*

Aurélien fit un signe discret au maitre d'hôtel qui se précipita pour prendre la commande. Le jeune homme alluma à son tour une cigarette et en expira les volutes vers le ciel bleu. Son regard se posa sur Charlotte. Encore une fois il se fit la réflexion que c'était une superbe femme en s'interrogea sur le tarif de ses prestations. Il n'avait pas la moindre idée du cout pour une heure passée en sa compagnie mais à cet instant précis il se foutait du prix à payer.

Alors qu'elle plongeait ses yeux verts dans le bleu de la méditerranée, Aurélien ne décrocha pas son regard de Charlotte. Contemplations croisées. Un silence s'installa. Un silence paisible. Un silence qu'elle rompit d'une voix pensive.

- *Vous voyez Aurélien, je pourrais admirer la mer pendant des heures, je ne m'en lasserais jamais.*
- *C'est vrai. Elle est superbe. Elle donne vraiment envie de se jeter dessus.*
- *Pardon Aurélien? De se jeter dessus?*
- *Je, oui, je voulais dire de s'y jeter. Vous avez remarqué? Le gros yacht noir a disparu.*
- *Non, je n'avais pas remarqué. Maintenant que vous le dites. Ce n'est pas plus mal finalement. La vue est plus dégagée.*
- *Je me demande qui peut avoir les moyens de se payer un bateau pareil. Je n'ai même pas idée du prix qu'il peut couter.*
- *Plusieurs dizaines de millions Aurélien. Mais vous savez, pour profiter des plaisirs de la mer, une coquille de noix suffit.*
- *Une coquille de noix?*
- *Oui, une coquille de noix. C'est une expression. Elle signifie un tout petit bateau. Juste un truc qui flotte.*
- *Charlotte, je connais l'expression coquille de noix.*
- *Ha, pardon je croyais que vous n'aviez pas compris.*
- *J'avais parfaitement compris.*

Le serveur déposa le seau à champagne et rempli délicatement deux coupes. Aurélien, après en avoir bu une gorgée, lui demanda s'il lui était possible de voir immédiatement le maître d'hôtel. Charlotte marqua son étonnement en levant les yeux au ciel. Intriguée, elle le questionna.

- *Un problème avec le champagne Aurélien?*

Aurélien ne répondit pas, et reposa son verre. Au loin, le directeur du restaurant arrivait précipitamment.

- *Vous m'avez fait appeler Monsieur? Un souci avec le Champagne?*
- *Merci d'être venu si vite. Non, il n'y a pas de problème avec le champagne. Rassurez-vous. Je me demandais simplement si vous pouviez nous rendre un petit service.*

- Mais certainement Monsieur, de quoi s'agit-il?
- Je suppose que vous êtes habitué aux demandes les plus folles. Je me trompe?
- Personnellement je n'emploierais pas ce qualificatif Monsieur. Nous essayons au maximum de satisfaire notre clientèle.
- Je comprends. Voila, je vous explique, mon amie et moi souhaiterions faire un tour en bateau.
- Mais certainement Monsieur. Puis-je vous demander quand seriez-vous désireux d'effectuer ce tour en mer?
- Maintenant.
- Maintenant? Je vois Monsieur. Quel type d'embarcation souhaiteriez-vous?
- Je ne sais pas trop. Je ne suis pas vraiment habitué. Une coquille de noix suffirait.
- Une coquille de noix Monsieur?
- Oui. C'est une expression, ca veut dire juste un truc qui flotte.
- Sans vouloir froisser Monsieur je sais ce qu'est une coquille de noix. Cependant je ne suis pas certain de pouvoir procurer à Monsieur ce type d'embarcation. Nous pouvons voir pour un navire plus agréable et de plus grande taille. Si Monsieur le permet je me renseigne immédiatement. Cela ne prendra que quelques minutes. Nous travaillons avec un loueur très sérieux.
- Merci à vous. Une dernière chose, pour le prix, je, je me fou du prix en fait. Trouvez-nous juste un bateau sympa et préparez nous un petit piquenique à amener à bord. Merci.

Charlotte, amusée, les yeux pétillants, regarda fixement Aurélien. Le jeune homme se contenta d'allumer une cigarette et tous deux firent tinter leurs coupes de champagne l'une contre l'autre.

- Vous êtes complètement fou Aurélien! Vous savez combien cela va vous couter?

- *Justement je n'ai aucune idée du prix à payer pour m'offrir votre, disons, compagnie une après-midi entière.*

Le sourire de Charlotte illumina son visage. Elle posa sa coupe de champagne et saisit la main d'Aurélien. Se rapprochant de lui elle lui murmura :

- *Certaines choses n'ont pas de prix Aurélien.*

34

Devant le ponton d'un loueur de bateau, un Van noir s'immobilisa. Aux vitres teintées, arborant le logo de l'hôtel de Paris, Aurélien et Charlotte en descendirent. Le responsable vint les accueillir et les escorta aussitôt jusqu'à l'embarcation qui avait été réservée pour eux. Avec une certaine fierté, il s'adressa au jeune couple.

- *Voici comme convenu le grand turismo 46. Il mesure quinze mètres et possède en plus du salon arrière une grande plage avant ainsi que deux chambres avec leurs salles de bain privatives. Un skipper et le personnel de bord sont à votre entière disposition. Je dois vous dire que ce ...*

Aurélien lui coupa la parole.

- *Il est superbe. Vraiment magnifique. C'est plus que parfait Monsieur. J'ai cependant un petit service à vous demander. Une sorte de supplément. Un truc un peu spécial en fait.*

Afin de pouvoir s'entretenir plus discrètement avec lui, Aurélien entraina l'homme par le bras. A l'écart de Charlotte, la conversation s'engagea. Après quelques minutes, les deux hommes revinrent, sourire aux lèvres pour l'un, mine un peu confuse pour l'autre.

Le jeune couple embarqua sous la bienveillance du personnel attentif. Le loueur, resté sur le pont, téléphone à l'oreille, fit de grands signes au skipper qui devina que le programme initial avait certainement du changer.

Un membre d'équipage se chargea de la visite. Le salon extérieur situé à l'arrière du navire était composé d'une grande table entourée de confortables canapés. Cette partie donnait sur un escalier permettant l'accès à l'habitacle intérieur. Coin cuisine entièrement équipé. Couloir exigu. Petite chambre entrevue rapidement. Suite parentale spacieuse. Large lit, écran télé, accès direct à une salle de bain. Bois précieux. Décoration raffinée. Luxe flottant.

La visite se termina alors que les moteurs exercèrent leur poussée. Par les hublots, on percevait la méditerranées se mettre à danser.

Le couple fut invité à prendre ses aises avant de regagner le salon extérieur pour y déjeuner.

Aurélien hésita un instant avant de se défaire de son blouson de cuir. Il le déposa délicatement sur le lit. Charlotte, quant à elle s'enferma dans la salle de bain.

- *Je n'en ai que pour quelques minutes. Ce navire est vraiment superbe!*

Il n'y eu pas de réponse de la part du jeune homme trop occupé à jouer avec diverses télécommandes.

- *Dommage que ma tenue ne soit pas vraiment adaptée à une virée en mer. Mais bon, je vais m'adapter à la situation. J'ai l'habitude.*

La télévision s'alluma, affichant en direct l'image de la poupe du bateau. Inexorablement, la coque semblant immobile, fendait l'eau.

- *L'habitude de quoi?*

La porte de la salle de bain se rouvrit, Charlotte en sortit, sourire aux lèvres.

- *Je disais que j'ai l'habitude de m'adapter.*

Elle s'approcha lentement d'Aurélien jusqu'à se coller à lui. Posant sa main sur sa nuque, elle déposa un baiser sensuel sur ses lèvres.

- *J'ai faim, et je boirais bien une coupe de champagne. Si nous allions déjeuner jeune homme?*

Le couple regagna le pont extérieur du navire. A l'ombre d'un éclatant soleil, la table avait été dressée. Plats variés sous cloche. Couverts argentés. Flutes en Crystal. Aussitôt assis, un membre d'équipage leur servi une coupe de Champagne.

Alors que Charlotte portait son verre aux lèvres, son attention fut attirée par un détail inhabituel. Elle constata qu'une embarcation de plus petite taille semblait les suivre. La côte s'éloignait aussi certainement qu'un poursuivant se rapprochait d'eux. Intriguée, presque inquiète, elle posa sa coupe sans y avoir bu et pointa du doigt l'inconnu.

- *C'est normal ça Aurélien? On nous suit ou je rêve? Il faudrait peut-être prévenir le skipper non?*

Comme seule réponse, Aurélien, imperturbable, se contenta de s'allumer calmement une cigarette.

- *Ha ok, je vois. Vous n'avez pas l'air surpris. Je suppose donc qu'il s'agit encore d'un de vos plans excentriques? Mais la j'avoue que je n'ai aucune idée de ce que vous avez pu manigancer.*

Le jeune homme resta impassible continuant de fumer lentement. Il finit par écraser son mégot et fit un signe en direction d'un membre d'équipage. Ce dernier lui adressa un simple hochement de tête et se précipita dans l'escalier qui menait vers le compartiment du skipper. Quelques instants plus tard, le navire coupa ses moteurs et le bruit de l'encre précipitée au fond de la mer résonna dans un écho métallique.

Une agitation soudaine se fit à bord. Avec précaution, le navire poursuivant vint se coller contre la coque du yacht de location. Le skipper, suivi de toute son équipe, y sautèrent chacun leur tour. L'embarcation disparue à grande vitesse dans une gerbe de fumée grise au parfum de gasoil.

Il n'y eu plus un bruit sur le pont. Seul les clapotis des vaguelettes se cassant sur la coque troublaient le calme du large.

Sans un mot, Charlotte se mit à applaudir l'initiative d'Aurélien, puis se saisit de sa coupe de champagne et la tendit en sa direction.

- *Bien joué Aurélien!*
- *J'avoue que je suis assez fier de moi sur ce coup.*
- *Vous pouvez l'être. Seuls au milieu de l'eau sur un magnifique bateau. C'est un vrai luxe cette situation.*
- *Je crois que nous devrions en profiter Charlotte. Non?*
- *Profiter me semble être le mot juste. Maintenant, tout dépend de ce que vous entendez par la. A mon avis, je dirais que vos intentions ne sont pas des plus sages. Après tout, que pourrions nous faire seuls, tous les deux au milieu de la méditerranées? Une partie de Monopoly? Je ne suis pas certaine qu'il y en ai un à bord. Ceci dit je ne suis pas non plus certaine d'avoir envie d'y jouer.*
- *Pareil pour moi. Peut-être avez-vous raison quant à mes intentions. Mais tout dépend de ce que l'on met derrière le mot sage.*
- *On peut y mettre beaucoup de choses Aurélien.*

La jeune femme qui a son tour s'était allumé une cigarette l'écrasa délicatement. Elle se leva et hotta son chapeau qu'elle avait conservé par coquetterie. Fixant Aurélien des yeux, elle s'en approcha et vint s'assoir à ses cotés. En silence, elle déboutonna minutieusement son chemisier. A chaque mouvement de doigt il s'entrouvrait un peu plus jusqu'à laisser paraitre complètement un soutien gorge de dentelles noires. Elle le laissa glisser le long de ses bras pour l'abandonner sur les coussins blancs. Se levant lentement, elle posa ses mains contre la chute de ses reins. Tout comme l'encre du navire plus tôt, le zip de sa jupe fendit le silence dans un léger son métallique. Elle enfonça ses pouces contre les rebords de sa jupe et, sensuellement, la fit descendre le long de ses cuisses dans un dandinement retenu. Sans quitter Aurélien des yeux, elle dégrafa son soutien gorge qui rejoignit sa jupe à ses pieds. Charlotte se tenait debout sur le canapé, une fine culotte pour seul vêtement. Son corps parfait narguait la beauté environnante. Délicatement elle posa un pied sur l'épaule d'Aurélien et détourna son regard vers le large. Bouche bée, il n'eu pas le temps de contempler d'avantage la plastique irréprochable de la jeune fille. D'un bond, Charlotte venait de plonger au fond de la méditerranée.

35

Sirène immergée dans l'eau sombre. Coque blanche aux reflets de lumière. Aurélien contemplait le spectacle de la jeune femme faisant surface âpres quelques brasses en apnée. Elle nageait avec grâce. Sa peau bronzée luisait sous le soleil. Elle passa les mains sur ses longs cheveux en reprenant sa respiration.

- *Premier bain de l'année! Elle n'est pas si fraiche finalement. Vous venez me rejoindre?*

Aurélien se servit une coupe de champagne et s'avança en silence sur le bord du bateau. Il s'alluma une nouvelle cigarette et ramassa d'un doigt le soutien gorge resté à terre. Apres plusieurs bouffées de nicotine, il finit par rompre le silence en laissant chuter le sous-vêtement à ses pieds.

- *Vous avez raison Charlotte, je n'ai pas envie d'être sage. Je crois que moi aussi je vais me jeter à l'eau.*
- *Pas besoin d'être voyante pour le deviner. Jeter vous à l'eau. Allez plongez.*
- *S'il y a bien une chose que mes parents m'ont enseignée, c'est le sens des mots. Même si ce n'est pas toujours flagrant, j'ai énormément de respect pour la langue française et ses subtilités. Encore une fois, tout dépend de ce que l'on entend par le fait d'être sage et celui de se jeter à l'eau.*

Le ton du jeune homme, particulièrement sérieux, laissa Charlotte confuse.

- *Je crois que j'ai même envie d'être, disons, déraisonnable.*

Elle l'observa d'un air intrigué.

- *Avez-vous vu ce vieux film avec Delon? Je crois que le titre c'est « la piscine ».*
- *Pardon Aurélien? Non, je ne crois pas l'avoir vu.*
- *Moi je l'ai regardé petit, et je ne sais pas pourquoi, il m'a laissé un horrible souvenir.*
- *Mais quelle idée de penser à ce genre de chose maintenant.*
- *L'histoire est assez complexe. Disons, pour résumer, que c'est celle d'un type qui se noie dans une piscine.*
- *Super Aurélien. Il a l'air très gai votre film. Allez! Plongez!*
- *Il se noie dans cette piscine car son ami, je crois que c'est son ami, l'empêche d'en ressortir.*
- *On peut aussi parler cinéma à un autre moment non?*

Ne paraissant pas vouloir répondre, Aurélien, silencieux, continua à tirer doucement sur sa cigarette.

- *« Se jeter à l'eau », voila un bien bel exemple de double sens.*
- *Je ne comprends pas Aurélien, vous venez ou non?*
- *Vous allez comprendre Charlotte.*
- *Bon, Aurélien, j'aimerais bien vous voir plonger, mais je ne vais pas insister toute la journée. Je vais remonter, vous pouvez déployer l'échelle?*

Charlotte avait noté un changement dans le comportement du jeune homme. Elle sentait que son étrange attitude ne laisser rien présager de bon. Elle passa à nouveau sa main dans ses cheveux comme pour se rassurer.

- *Aurélien? Tout va bien? L'échelle s'il vous plait ...*
- *Vous vous demandiez ce que nous pouvions faire seuls tous les deux à bord. Visiblement nous n'avions pas la même idée.*
- *Aurélien je commence à avoir froid, l'échelle s'il vous plait ...*

- *L'histoire de ce film ne vous plait pas?*
- *Aurélien, ce n'est pas drôle, l'échelle ...*
- *Je comprends votre agacement ou plutôt votre inquiétude. Elle est légitime. Vous savez qu'un accident est vite arrivé? Il se pourrait même que cette histoire finisse très mal pour vous. Personnellement je ne serais pas trop inquiété. Aucun témoin, ma seule parole comme explication. Je pourrais dire un truc, genre, elle avait trop bu, elle s'est noyée pendant que je dormais. Je n'ai rien pu faire monsieur l'inspecteur. Quelque chose dans ce style.*

Charlotte pâlit. Ses yeux se mirent à rougir alors qu'elle se maintenait à la surface par le seul mouvement de ses bras. La peur et le froid la gagnaient successivement.

- *Je ne comprends rien et franchement ce n'est vraiment pas amusant. J'ai froid et je veux remonter, l'échelle ...*

Imperturbable, Aurélien s'alluma une nouvelle cigarette et tendit le paquet en direction de la jeune femme livide.

- *Ha ben non, je suis bête, ça va être compliqué pour toi.*
- *Aurélien, pitié, vous, tu me fais peur la, vraiment, remonte-moi.*
- *Ça va dépendre de toi.*
- *Mais à quoi tu joues tout d'un coup?*
- *Je ne joue plus Charlotte.*
- *Ca veut dire quoi ça?*
- *Ca veut dire que tu vas devoir répondre à mes questions si tu veux sortir de l'eau.*
- *Mais c'est quoi ces conneries Aurélien?*

Ecrasant sa cigarette à peine fumée, Aurélien vida d'un trait sa coupe de champagne avant de la reposer. D'une voix moins sévère, prenant conscience qu'il ne pouvait plus reculer, presque effrayé par sa propre attitude, il justifia son acte. S'excuser lui apparu une évidence à ce moment. S'excuser pour cet acte terrifiant. S'excuser d'être forcé à le commettre. Comme s'il réalisait en le disant qu'effectivement il ne jouait plus. Il expliqua qu'il n'avait pas le choix. Expliqua qu'il avait besoin de connaitre la vérité. Expliqua qu'elle seule pouvait l'aider à comprendre. Excuses tièdes. Éclaircissements froids.

- *Ok, c'est bon, tout ce que tu veux, vas-y, pose les tes questions.*
- *Ça ne te dérange pas que l'on se tutoie?*
- *NON ... POSE TES QUESTIONS!*
- *Ne t'énerve pas Charlotte, ne me rends pas la tache plus difficile.*
- *OK! OK! C'est bon, pose tes questions qu'on en finisse.*
- *J'ai besoin de savoir Charlotte.*
- *Mais qu'est-ce que tu veux savoir? Ne me dis pas que tu veux que je t'avoue ce que je fais vraiment? Tu le sais très bien Aurélien. Ne me dis pas que tu n'as pas compris des la première minute?*
- *Je sais ce que tu fais. Je sais aussi que notre rencontre n'était pas due au hasard.*
- *Bon et alors? Si tu sais tout, sorts moi de la s'il te plait.*
- *On t'a payé pour ça?*
- *Quoi? Mais de quoi tu parles?*
- *On t'a payé pour m'aborder le premier soir et me revoir après?*
- *J'ai froid Aurélien*
- *Réponds*
- *Oui! Bien sur que oui!*
- *Qui?*

Terrorisée, Charlotte se mit à sangloter. Debout sur le pont du bateau, son bourreau fixait l'horizon plat. Face à face inégal.

- *Je ne peux pas le dire Aurélien. Mais on s'en fout. Franchement, aujourd'hui on s'en fout. Tu me plais vraiment et je me suis attaché à toi. C'est arrivé par surprise. Je crois que je pourrais tomber ...*
- *QUI?*
- *Aurélien, j'ai vraiment froid maintenant ...*
- *Qui t'a payé Charlotte?*
- *Si je te le dis j'ai ta parole que tu me balances l'échelle?*

- *Oui.*
- *Aurélien, tu, tu n'imagines pas les conséquences pour moi si je te le dis ...*
- *Non, mais je ne préfère pas non plus imaginer ta noyade si tu gardes le silence.*
- *Tu sais très bien de qui il s'agit.*
- *Je crois, mais je n'en suis pas certain. Donne-moi son nom.*
- *Je ne le connais pas Aurélien, je ne l'au vu qu'une seule fois.*
- *Dis-moi de qui il s'agit Charlotte.*
- *Je ne connais que son prénom.*
- *Je t'écoute.*
- *C'est, son prénom c'est Théodore.*

36

Repêcher la sirène pale et grelottante fut le début des complications pour Aurélien. Charlotte n'avait visiblement que très peu apprécié son interrogatoire forcé. Une fois tirée des eaux, elle s'était réfugiée dans la grande chambre du bateau en s'y enfermant. Les efforts de son ancien bourreau pour la raisonner étaient restés vains. La porte demeurait désespérément close.

A bout d'arguments, Aurélien préféra s'installer sur le carré arrière. Contemplant la méditerranée, coupe de Champagne à la main, cigarette aux lèvres, il luttait contre un envoutant sentiment de culpabilité.

- *Je ne me lasserais jamais d'une telle vue.*

A ces mots, le jeune homme esquissa un sourire.

- *Ravi que la vue vous plaise. Je vous croyais mort Victor.*
- *Pas encore Aurélien.*
- *Vous savez que vous avez loupé un grand moment?*
- *Vous savez que vous vous trompez?*
- *Je me trompe?*

Après un silence pesant, le vieil homme reprit la parole et expliqua qu'il avait effectivement assisté à toute la scène sans vouloir pour autant l'interrompre.

- *Vous êtes conscient Victor que cela aurait pu très mal se terminer?*

- Je ne crois pas non. Cette jeune fille n'aurait pas pris le risque de garder le silence. Vous savez Aurélien, pour les avoir connues, les techniques de la gestapo ou même celles des résistants de la dernière heure étaient toutes aussi efficaces que la votre. Félicitations. Seuls quelques héros ou les véritables ignorants gardaient leurs secrets.
- *Je savais qu'elle parlerait. Bon ok, elle a vraiment eu peur et s'est refugiée dans la chambre. Mais maintenant, au moins, j'ai la réponse à ma question.*
- C'est bien dommage, elle était la pour vous divertir. Je crains qu'elle soit un peu refroidie à cette idée maintenant.
- *Je crois aussi. Vous étiez au courant?*
- Au courant de quoi Aurélien?
- *Vous saviez que Théodore l'avait engagé pour me « divertir »?*
- D'âpres vous? Qui paye? Qui finance tout cela? Qui donne les ordres? Qui décide de tout?
- *Donc vous étiez au courant.*
- Bien évidemment. Théodore n'a fait qu'exécuter mes volontés. Tout comme vous d'ailleurs. Finalement, votre petit numéro était bien inutile. Vous n'avez réussi qu'à la contrarier.
- *C'est comme ça que vous voyez les choses?*
- C'est comme ca qu'elles le sont. Aussi simples. Maintenant, si vous le voulez bien, je vais vous aider à la faire sortir de sa cabine.
- *J'aimerais bien savoir comment? J'aimerais aussi et surtout vous parler de Théodore et de la White Stone.*
- Chaque chose en son temps Aurélien.

Victor invita Aurélien à se rapprocher de la porte derrière laquelle Charlotte s'était enfermée. Il lui rappela qu'elle aussi percevait un salaire plus qu'honorable pour services rendus. Qu'elle aussi obéissait à certaines règles. Qu'elle aussi ne répondait qu'à l'appât du gain. Qu'elle aussi était achetée, même si, en ce qui la concernait, de cette soumission elle en avait fait son métier. Le vieil homme demanda à Aurélien de prononcer quelques mots sans queue ni tête, sans chercher à comprendre ce qu'ils signifiaient. Il lui expliqua que c'était une sorte de code. Une formule magique qui entraina presque aussitôt l'ouverture de la porte de la cabine.

A la grande stupéfaction d'Aurélien, Charlotte apparu vêtue d'un confortable peignoir blanc. L'air moins revêche, elle s'adressa à lui d'une voix calme.

- *Tu connais le code? Je sais que je n'ai pas le droit de te demander comment tu l'as eu, mais franchement tu m'étonneras toujours.*
- *Oui Charlotte, je, je connais le code et effectivement je n'ai pas fini de t'étonner.*
- *Tu sais que tu m'as vraiment fait peur?*
- *Je sais et je m'excuse.*
- *Tu me promets que tu ne me refais plus jamais ça Aurélien?*
- *Tu comprends que j'avais besoin de savoir et que tu étais la seule à pouvoir m'aider?*
- *Ce que je comprends c'est que j'ai eu vraiment très peur.*
- *Je n'ai rien contre toi Charlotte, bien au contraire. Il fallait que je sache. Je suis désolé et pas très fier de ce que j'ai fait. Viens, on va se boire une coupe et grignoter un truc et on oublie cet épisode. Parts devant, je te rejoins.*
- *Ça me va, j'ai une faim terrible.*

Charlotte se dirigea vers le pont extérieur du bateau alors qu'Aurélien, lui, préféra s'enfermer à son tour dans la cabine.

- *Victor? Vous êtes la? C'est quoi cette histoire de code?*
- *C'est une sécurité Aurélien. Un code entre Charlotte et nous défini dans le cas ou une telle situation ne se produise. Une situation qui pourrait lui donner envie de prendre ses jambes à son cou malgré le fait qu'elle connaisse et assume les risques liés à son activité.*

- *Et je peux savoir ce que signifiait ce code?*
- Vous pouvez. En gros, « continuez votre boulot, votre salaire a changé. » Rien de plus simple. Bonne fin de journée Aurélien.
- *Je vois. Merci. Je voudrais aussi vous parler de Théodore et de la White Stone. ... Victor?*

Il n'y eu pas de réponse du vieil homme. Oreillettes muettes.

Aurélien et Charlotte se retrouvèrent assis l'un à coté de l'autre face au soleil couchant. La lumière irradiait leurs coupes de champagnes et accentuait leurs traits tirés. Les regards étaient tendus. L'épisode n'était pas encore digéré, ni pour elle, ni pour lui. Elle avait vraiment eu peur. Il avait vraiment failli aller jusqu'au bout. Frayeurs partagées. Angoisses plurielles.

Quelques verres d'alcool furent nécessaires à dérider les visages, à masquer le malaise. Après plusieurs coupes, dans un silence presque religieux ou seul le clapotis des vagues rythmait le tangage du navire, Aurélien se pencha sur Charlotte. Il l'embrassa tendrement. Au début timide, peu à peu, leur baiser se transforma en une étreinte plus appuyée, presque bestiale.

Les respirations s'accéléraient, les langues se mélangeaient sensuellement. Les cœurs tapaient plus fort dans les poitrines.

Charlotte, sans cesser son étreinte s'assit face à Aurélien en ouvrant son peignoir. Offerte à lui, le jeune homme dévia ses lèvres sur ses seins parfaits, puis continua sa course le long de sa peau. Quand sa langue arriva entre ses cuisses, la jeune femme se cabra dans un reflex et plaqua la tête d'Aurélien contre elle. Couchée sur la table, inondée d'une lumière dorée, elle se redressa alors que le jeune homme ôtait maladroitement ses vêtements.

Les regards étaient perçants, les chairs moites. Les va et viens profonds et lents. Les visages se rapprochaient, déformés par des grimaces de plaisirs.

Les corps s'entremêlaient pour ne former plus qu'un.

Des larmes chaudes et salées coulaient doucement le long des joues.

37

A leur arrivée, le loueur et son équipe trouvèrent les jeunes gens endormis sur les canapés extérieurs. Enlacés, l'air paisible, rien ne pouvait laisser deviner la scène qui s'était joué quelques heures au paravent. Aucun élément n'indiquait qu'un drame avait été évité.

Le couple finit par se réveiller lorsque les moteurs du bateau se mirent de nouveau à ronfler.

Regagner le ponton du loueur ne prit pas plus de trente minutes. Trente minutes durant lesquels Charlotte se refit une beauté. Trente minutes passées à boire le reste de champagne pour Aurélien. Trente minutes à contempler les lumières monégasques se rapprocher. Trente minutes les yeux perdus dans le lointain.

Une limousine noire au logo du Palace attendait le couple sur le quai éclairé par d'élégants lampadaires. Aurélien se dit que c'était certainement à cet instant de la journée que Monaco séduisait le plus, comme si la principauté avait choisit ce moment pour sortir le grand jeu et épater la galerie, pour se faire belle, désirable.

Tous deux furent déposés devant l'entrée du Palace. Après avoir refusé sa proposition de passer la nuit en sa compagnie, Charlotte déposa un baiser tiède et sans conviction sur les lèvres d'Aurélien. Encore sonnés par l'incident survenu plus tôt, chacun partit de son coté. Aurélien monta les marches, Charlotte les longea un instant avant de leur tourner le dos. La tête basse, perturbée par tant d'émotions, elle avait du mal à maintenir sa prestance de femme fatale.

Ces derniers temps, Charlotte envisageait sérieusement de mètre fin à son activité de prostituée haut de gamme. Devenue compliquée et de plus en plus dangereuse elle envisageait de raccrocher avant le dérapage de trop. Escorte avait été une solution de facilité au début. Un moyen presque simple de s'en sortir. Une réponse à ses problèmes de fric et de famille. Elle s'était toujours dit que la première fois, le premier rendez-vous, le premier client, le premier billet, ce premier tout serait le plus difficile. Le plus dégeullasse. Elle s'était aussi juré que cette situation ne se prolongerait pas, ou qu'un temps. Le temps de sortir la tête de l'eau. Un temps seulement. Un temps qui s'éternisait depuis plusieurs années maintenant. Charlotte le savait, il ne fallait pas jouer contre lui, il finissait toujours par gagner.

La main qui lui empoigna fermement le bras fit fuir ses pensées. Aurélien, le regard sombre, lui faisait presque mal.

- *Attends! Excuse-moi Charlotte, mais j'ai un dernier service à te demander.*
- *Je suis fatiguée Aurélien et tu me fais mal la.*
- *Promis, c'est le dernier.*
- *Que veux-tu?*
- *L'adresse de Théodore.*
- *Pardon?*
- *Je veux l'adresse de Théodore, ou son numéro de téléphone.*
- *Mais Aurélien je ne l'ai pas son adresse. Ni même son numéro!*
- *Ne me prends pas pour un con Charlotte, ce n'est vraiment pas le jour.*
- *Aurélien tu me fais mal, lâche moi ou je crie et je te jure que ce coup ci il va y avoir du monde pour m'aider!*

Le jeune homme qui empoignait nerveusement le bras de Charlotte réalisa la puissance de son geste. Il relâcha son emprise et caressa l'épaule de la jeune femme comme pour se faire pardonner.

- *Excuse-moi Charlotte. J'étais persuadé que tu pouvais me renseigner. Tu es certaine que tu n'as ni adresse ni numéro de téléphone? Et pour Victor, tu as quelque chose?*
- *Victor? C'est qui lui? Je ne connais aucun Victor. Je te jure que je n'ai rien sur Théodore. Il m'appelle rarement et quand ca lui arrive c'est toujours en numéro masqué.*
- *Merde!*
- *Désolé de te décevoir Aurélien. Je ne peux rien faire pour toi.*
- *Attends, mais qui te paye, je veux dire qui te remet l'argent?*
- *Toujours le même, depuis des années. C'est presque devenu un ami maintenant.*
- *Comment ça depuis des années? Et qui est ce type?*
- *Je suis au service de Théodore depuis pas mal de temps. Je l'ai, comment dire, aidé professionnellement à plusieurs reprises.*
- *Et ce mec qui te paye c'est qui?*
- *C'est, je ne sais pas si j'ai le droit de te le dire, mais bon comme je sais que tu ne vas pas me lâcher si je reste silencieuse ...*
- *Exactement*
- *C'est un certain Max.*

Aurélien n'eu pas l'air surpris par la réponse. Les yeux dans le vide, il semblait réfléchir à la prochaine question à poser. Soudain, il empoigna de nouveau Charlotte. Son regard se mit à briller d'une lueur intense.

- *Ecoute-moi bien Charlotte. Tu vas l'appeler et me passer ton téléphone.*
- *Pardon?*
- *Tu appelles Max maintenant et tu me le passes.*
- *Tu es sérieux?*
- *Je n'ai pas l'air de l'être? Fais le s'il te plaît, je n'en ai que pour quelques secondes. Juste un truc à lui dire.*

Sans chercher à comprendre, et pour avoir la paix, Charlotte s'exécuta. Elle prit son portable dans son sac, composa le numéro et le porta à son oreille. La luminosité de l'écran éclaira son visage. Aurélien se saisit de l'appareil en lui arrachant presque des mains. Après quelques sonneries stridentes, Max décrocha.

- Salut ma belle.
- Salut Max
- … Charlotte?
- Non pas vraiment.
- T'es qui toi? Elle est où Charlotte?
- Ne vous inquiétez pas Max, elle est juste en face de moi, tout va bien. J'avais simplement envie de vous faire un petit coucou.
- Mais … Aurélien? C'est vous?
- Heureux que tu me reconnaisses Max.
- Vous, enfin, tu joues à quoi la? C'est quoi ces conneries? Passe-moi Charlotte!
- Non, je crois que ça ne va pas être possible.
- T'as pété un plomb Aurélien?
- C'est à peu prés ça. Je vais la faire courte. J'ai besoin de voir Théodore. Comme je ne sais pas ni ou ni comment le joindre je passe par toi. Tu comprends?
- Si je comprends? Et toi tu comprends que ce n'est pas à toi de décider? Tu l'as pris pour qui Théodore? Tu crois que …
- Shuttt … c'est moi qui parle Max. Donc tu vas joindre Théodore pour lui dire que si dans trente minutes il n'est pas devant la galerie Artclub de Monaco, je vais m'occuper personnellement de sa petite fille. Pigé Max?
- Mais tu ne te rends même pas compte de ce que tu fais, je t'avais pourtant dis de te méfier et toi tu …
- Trente minutes!
- Ouai c'est bon mais je te préviens que …

Sans lui laisser le temps de terminer sa phrase, Aurélien, étonnement calme, raccrocha d'un mouvement de doigts élégant. Geste qui lui manquait presque. Sans un mot, il tendit son téléphone à sa propriétaire. Elle s'en empara pour le plonger nerveusement dans son sac. Charlotte ne souriait pas. Son regard était grave. Elle grimaça avant de murmurer quelques mots en direction du jeune homme.

- *Tu n'as aucune idée de qui sont ces gens. Je ne sais pas à quoi tu joues mais je crois que tu ne réalises pas ce que tu fais.*
- *Je ne joue plus Charlotte.*

38

D'un pas décidé, Aurélien se dirigea vers son lieu de rendez-vous. Les rues, à cette heure avancée, moins fréquentées par les touristes, laissaient place à quelques promeneurs solitaires. De luxueuses voitures venaient rompre la quiétude de la nuit. Le faste local ne se reposait jamais.

La galerie d'art présentait des tableaux grands formats dans ses larges vitrines. Mis en valeur par plusieurs spots de lumière, les toiles de Stan crachaient leurs couleurs criardes jusque sur le trottoir noir. Aurélien les contempla de manière distraite. Figé face aux œuvres abstraites, il palpa les poches de son blouson. L'acier lourd se trouvait toujours contre son cœur.

S'allumant une cigarette, il leva les yeux vers le dernier étage de l'immeuble. De douces lumières, presque apaisantes, s'échappaient des fenêtres. Ses volutes de fumée semblaient vouloir les atteindre.

Au poigné d'Aurélien, sa montre lui indiquait qu'il ne restait que cinq minutes avant la fin de son ultimatum. Cinq petites minutes durant lesquelles il pouvait encore prendre la décision de tout arrêter. Cinq petites minutes qu'il préféra consacrer à savourer sa cigarette, tête levée, regard plongé dans les étoiles embrumées.

Il ne prêta aucune attention à la berline noire qui s'avançait dans sa direction. Il ne réalisa pas qu'elle venait de s'immobiliser doucement derrière lui. Le bruit d'une vitre électrique abaissée le fit se retourner.

- *Aurélien?*

Le jeune homme parut surpris lorsque l'inconnu s'adressa à lui. Casquette, gants blancs, costume sombre, chauffeur de maitre.

- *Oui. Et vous êtes?*
- *Bonsoir Monsieur. J'ai pour mission de vous conduire à Monsieur Théodore.*

L'inconnu, d'un âge certain, descendit du véhicule pour venir ouvrir la portière arrière sans autre explication. Le jeune homme s'exécuta et s'assit sans dire un mot.

Ni Max, ni Theodore ne s'étaient déplacés. Seul ce chauffeur anonyme était au rendez-vous.

La luxueuse berline reprit la route à allure modérée. Les vitres teintées, encore une fois, donnaient aux décors extérieurs une apparence trop sombre. Le chauffeur resta silencieux. Aurélien l'imita. Lui non plus n'avait pas envie de parler. Pas à cet inconnu. Pas ici. Pas maintenant.

Les rues de Monaco défilaient. Bientôt, les routes empruntées semblaient plus escarpées. Elles gagnaient de la hauteur sur la ville qui disparaissait doucement. Les habitations se faisaient plus rares, laissant place à d'imposants portails opaques. Entrées de demeures cossues et cachées. Après quelques kilomètres, c'est face à l'une d'elle, au détour d'un virage, que le chauffeur s'arrêta. Une lourde grille s'ouvrir lentement.

Le véhicule suivit une allée sinuant entre d'immenses palmiers éclairés. Le gravier chantait sous la pression des larges pneus. Ils finirent par s'immobiliser après avoir parcouru quelques centaines de mètres. Le chauffeur, attitude toujours aussi distante, vint ouvrir la portière et libérer Aurélien. Face à lui, se dressait une imposante bâtisse en pierres blanches. Sur le seuil de la porte l'attendait un major d'homme au garde à vous. Ce dernier fit quelques pas en direction d'Aurélien.

- *Monsieur attend Monsieur dans son salon de travail. Si Monsieur veut bien me suivre.*

Intérieur de marbre blanc. Meubles anciens. Couloir spacieux. Escalier recouverts de tapis épais. Tableaux de maitres. Portes de bois massif. Dédale luxueux.

Le major d'homme fit pénétrer Aurélien dans un petit cabinet d'attente.

- *Monsieur va vous recevoir dans quelques instants. Puis je vous proposer une boisson afin de patienter?*
- *Je veux bien un Whisky si vous avez ça?*
- *Nous en possédons un de premier choix Monsieur.*
- *Parfait. Un peu de poudre, une pute avec le whisky et ce sera parfait.*
- *Pardon Monsieur?*
- *Un whisky, de la cocaïne et une prostituée, s'il vous plait ... Monsieur.*
- *Je crains de décevoir Monsieur. A cette heure avancée de la nuit nous ne serons pas en mesure de répondre aux attentes de Monsieur concernant deux de ses envies précises.*
- *Non mais, je plaisantais! Pour le whisky, par contre, j'étais sérieux.*
- *Bien Monsieur. Je félicite Monsieur pour son humour. Si j'osais, je me permettrais d'ajouter au whisky de Monsieur une dose de bienséance. Mais je crois que Monsieur ne serait qu'en faire. Nous resterons donc sur un Malte de dix-huit ans d'âge.*

Le major d'homme se retira, laissant seul Aurélien qui regrettait déjà sa remarque stupide. L'heure n'était pas à la provocation. Il s'était cru drôle, il n'avait été que ridicule.

La pièce dans laquelle Aurélien patientait, et qui donnait sur un magnifique parc arboré, ressemblait plus à un musée qu'à une salle d'attente. Les murs, couverts de tableaux religieux, dénotaient le gout prononcé du maitre des lieux pour ce courant artistique. Devant une fenêtre, une large console présentait des photographies encadrées. Elles dataient d'époques différentes, même si la majorité d'entre elles semblaient peu récentes. Certaines en noir et blanc, d'autres aux couleurs trop pastelles, toutes montraient Théodore en compagnie de personnalités inconnues d'Aurélien. Sur beaucoup, l'homme posait avec le même sourire. Un sourire crispé. Presque forcé. Un sourire immuable. Toutes ces photos semblaient retracer son parcours brillant, toutes semblaient correspondre à un moment clef de sa vie. Sur la plus part ne figuraient que des scènes de vie, témoins privilégiées d'une rencontre. Comme si les paysages ou les lieux ne comptaient pas. Les personnages avant tout. Acteurs mis en lumière, décors restés dans l'ombre.

Aurélien se demanda sur quels clichés se cachait Victor. Il devait forcement s'y trouver. Penché sur les cadres, il avait l'impression de jouer à « Où est Charlie ». Mais, ne sachant à quoi son donneur d'ordre pouvait ressembler, le défi lui apparu impossible à relever.

Les portes du petit salon se rouvrirent. Le major d'homme déposa un plateau d'argent sur la table au centre de la pièce. Il contenait une bouteille et un verre de Crystal qu'il remplit presque en entier. Aurélien se précipita en le priant d'arrêter.

- *Jai des instructions Monsieur. Vous allez en avoir besoin. Monsieur va vous recevoir dans quelques instants.*

Ces mots glacèrent le sang du jeune homme qui fit mine de ne pas le laisser paraitre.

- *Merci pour le whisky, il a une belle couleur en tout cas, même si je dois vous avouer que je ne suis vraiment pas un spécialiste.*
- *J'espère qu'il sera au gout de Monsieur.*

- *Je peux vous poser une question?*
- *Si je peux y répondre ce sera avec grand plaisir Monsieur.*

Son verre à la main, Aurélien se retourna face aux cadres qu'il pointa du doigt.

- *Très belles photos.*
- *En effet Monsieur.*
- *Je me demandais. Ce sont des gens connus. Des gens importants non?*
- *Certain le sont Monsieur, d'autres moins. Même s'ils comptent tout autant pour Monsieur.*
- *Je n'ai vraiment aucune culture. A part Will Gate, le type des ordinateurs, je n'en reconnais aucuns. Peut-être le vieil acteur la sur la photo en noir et blanc. Il me dit quelque chose mais aucune idée de son nom.*
- *Il s'agit de Jean Gabin Monsieur. C'était un très bon ami de Monsieur.*
- *Jean Gabin, ha oui ça me parle maintenant. Mais dites moi, en fait, c'est Victor que je cherche, je ne le reconnais nulle part. Il devait être jeune. Vous pouvez me montrer où il se trouve?*
- *Je crains malheureusement de ne pas pouvoir vous aider Monsieur.*
- *Pourquoi?*
- *Il n'apparait sur aucunes photographies Monsieur.*

Avant de vider son verre d'un trait, Aurélien esquissa une grimace que cette fois, il ne put contenir.

39

Le bruit strident d'une clochette agitée retentit dans la pièce voisine du salon d'attente. Il s'agissait du signal que le major d'homme attendait pour faire entrer les visiteurs dans le cabinet de travail de Théodore. Il s'agissait du signal indiquant que le maître de maison était enfin en mesure d'accueillir ses hôtes. Il s'agissait du signal qui mettait fin à leur attente parfois longue, où tout le loisir leur était laissé de contempler les cadres photo, afin de bien comprendre l'importance de la personne qui daignait les recevoir. Il s'agissait maintenant du signal qui lançait le début d'une nouvelle partie entre deux hommes déterminés.

Les gants blancs se posèrent sur les poignets de portes dorées pour les ouvrir de manière théâtrale.

Aurélien pénétra dans une vaste pièce peu éclairée. Encore une fois les murs étaient couverts de tableaux religieux. Face à lui un bureau derrière lequel se trouvait Théodore, assis dans un confortable fauteuil de cuir noir. Une immense fenêtre laissait filtrer la clarté de la lune. Contre jour tamisé. Face à face tendu.

- *Aimez-vous la musique classique Aurélien?*
- *Je, hum, mon père en écoutait beaucoup.*
- *Je sais. Nous en avions parlé ensemble.*

La main tremblante d'Aurélien se posa sur sa poitrine. L'arme n'avait pas bougé. Il la sentait s'agiter au rythme des battements de son cœur. Comme un appel.

Les doigts du vieil homme effleurèrent l'écran d'une tablette posée face à lui. Sortie de nulle part, une mélodie emplit la pièce. Le chant cristallin d'un chœur d'orchestre se mit à résonner, imposant presque le silence de chacun. Théodore, d'une voix fatiguée le brisa.

- *Croyez-vous en Dieu Aurélien?*

Surpris par la question à laquelle il ne s'attendait pas, il répondit pourtant sans aucune hésitation.

- *Non.*
- *Vous êtes encore jeune pour cela. J'étais comme vous à votre âge. Puis j'ai vieilli. J'ai compris certaines choses.*

Le lourd fauteuil de cuir noir pivota d'un demi-tour sur lui-même. Aurélien ne pu voir le regard triste de Théodore se perdre au loin, parcourir les lumières éloignées de Monaco pour finir par se jeter dans le noir brillant de la méditerranée.

- *Et qu'avait compris Théodore?*
- *Malheureusement, il vous faudrait une vie entière pour écouter ce que je pourrais vous répondre à ce propos. Une vie entière Aurélien. Le temps ne m'est pas donné pour vous répondre.*
- *J'ai d'autres questions à vous poser et je ne pense pas que leurs réponses vous prennent autant de tant.*

Le vieil homme ne se retourna pas. Son bras tremblant sur son accoudoir se leva doucement, comme pour battre la mesure.

- *Vous entendez Aurélien? Mozart! Le requiem en D mineur. Une des plus belles créations de l'espèce humaine. C'est aussi un des signes.*
- *Effectivement c'est trop beau mais je ne ...*
- *Taisez-vous et écoutez. Laissez-vous envahir par les notes. Votre père aurait aimé ce moment de plénitude.*

Les yeux fermés, Aurélien prit une inspiration. Il glissa lentement sa main dans la poche intérieure de son blouson. Il sentit les pulsations de son cœur s'accélérer lorsqu'il empoigna l'arme pour l'extraire lentement. A l' instant où la musique cessa, Théodore fit à nouveau pivoter son fauteuil pour se retourner face au jeune homme.

- *Superbe musique Théodore. J'espère que Victor aime ce moment parce que pour mon père c'est trop tard. J'espère aussi que les deux sont en train de nous regarder de la ou ils se trouvent.*

Le vieil homme ne répondit pas. Le revolver tenu par Aurélien ne semblait pas l'impressionner. Théodore se contenta d'esquisser un sourire crispé. Le même que celui immortalisé sur les photos du salon d'attente.

- *Maintenant Théodore, vous allez me parler de la White Stone et surtout de mon père. C'est aussi valable pour vous Victor si vous m'entendez.*
- *La White Stone. C'est une longue histoire Aurélien. Une aventure qui a commencé juste après la guerre, dans un pays ravagé par les bombes et la lâcheté humaine. Une situation que vous ne pouvez imaginer. Il faut l'avoir vécu pour espérer la comprendre. La White Stone ce sont des survivants, une poignée au début, qui se sont retroussé les manches pour tout reconstruire, les villes et les hommes. Cela s'est fait à coup de pèle, quelques fois à coups de poings, parfois à coup de feu. Nous sommes partis de rien Aurélien. Nous n'avions que nos mains. Nous nous en sommes servis de différentes manières. Nous avions la rage. Vous n'imaginez pas sa*

force à l'époque. Vous ne pouvez avoir idée de la détermination qui nous animait. Nous avons monté un empire Aurélien. Un empire devenu colossal aujourd'hui. Et au risque de vous surprendre, pour en arriver la, il a fallu faire des choix. Des sacrifices parfois radicaux et souvent cruels. Nous étions inarrêtables Aurélien. Incontrôlables.

Les mains tremblantes de Theodore s'emparèrent d'un étui à cigare posé sur son bureau. L'homme se tut un instant pour allumer méticuleusement un énorme Havane. Des volutes bleutées propagèrent bientôt une odeur de tabac parfumé.

- *Certain ont essayé de me ralentir.*
- *C'était le cas de mon père?*
- *Pensez-vous qu'un seul homme aurait-pu dompter le chien sans colliers que j'étais? Croyez-vous qu'un petit ingénieur trop propre sur lui aurait pu faire le poids face à moi, à ma détermination?*

Aurélien avança de quelques pas. Son visage se déformait sous la colère qui le gagnait. Il tendit son bras armé en direction de Théodore qui ne parut pas effrayé.

- *Il s'est passé quoi putain? Putain Théodore, dites moi ce qu'il s'est passé!*
- *Des nouvelles de Victor dans vos oreilles?*
- *Faites pas chier avec ça! Parlez putain! C'est quoi cette histoire à la con?*

Révolver pointé sur lui, le vieil homme lui renvoya un nuage de fumée.

- *Moi non plus je ne crois pas en Dieu Aurélien. Du moins pas comme beaucoup le conçoivent. Pourtant, je crois au destin et à ses forces qui le guident. Le destin Aurélien, ce destin qui fait qu'un homme comme moi se trouve aujourd'hui face à un gamin comme vous. Le destin qui nous fit, il y a quelques années, nous trouver* face à face avec votre père. Le destin qui en pousse certains à en éliminer d'autres.

- Putain mais c'est quoi ces conneries? C'est quoi ces conneries Victor? Victor!
- A mon grand regret Aurélien, Victor ne vous répondra pas. Si vous saviez à quel point j'aurais aimé ne pas avoir eu à inventer ce compagnon imaginaire.

40

Entre ses doigts tremblants, Théodore contemplait son cigare se consumer lentement.

- *Je vous dois quelques explications Aurélien.*
- *Je ne comprends plus rien Théodore!*
- *Savez-vous que nous avons un point commun vous et moi?*
- *Un point commun? Mais quel point commun?*
- *Nous sommes déjà morts Aurélien.*
- *Pardon?*

D'une voix fatiguée, Théodore lui expliqua comment, alors âgé d'une dizaine d'année, il se considéra comme déjà mort. C'est à cette époque qu'il réalisa la folie des hommes. Leur cruauté. Seul et orphelin dans un monde en guerre, sa vie, quoi qu'il puisse se produire, ne serait plus qu'un moment de sursis. S'acharnant au travail en bâtissant pierre par pierre son empire, il ne combla jamais vraiment cette sorte de vide intérieur. Les milliards gagnés ne le satisfirent pas d'avantage. Théodore avait pourtant toujours gardé l'espoir de vaincre ce malaise profond. Mais rien n'y fit. La sensation de vie ne revint jamais.

- *Théodore, quel est notre point commun?*
- *Le décès prématuré de votre père, ce drame vous a aussi plongé dans une situation semblable à la mienne. Vous aussi êtes mort ce jour la. Je l'ai vu dans vos yeux à l'époque.*
- *Dans mes yeux? Mais ...*
- *Laissez moi continuer Aurélien je vous prie.*

L'homme parlait d'une voix froide, presque sans émotions. Bouleversé et trop jeune le jour de l'enterrement de son père, Aurélien n'avait aucun souvenir de la présence de Théodore à la cérémonie.

- *Ce jour la Aurélien, dans vos yeux, j'ai perçu ce sentiment de vide. L'enfant désespéré que j'étais, je l'ai reconnu en vous. Nous avions le même regard. Pour vous aussi la vie venait de s'arrêter. Vous avez réussi la prouesse de m'émouvoir ce jour la. Depuis je n'ai eu de cesse de vous protéger. A distance et secrètement. Je vous le devais bien. Je passerai sur les détails, mais je peux vous avouer que je suis allé jusqu'à implanter une grande surface pour vous y faire embaucher. Vous auriez pu gravir les échelons, mais votre détermination à ne pas évoluer vous en a empêché.*
- *Putain mais Théodore, c'est quoi cette histoire ? Je ne comprends plus rien ! Je veux savoir ce qu'il s'est passé avec mon père ! Et je veux le savoir maintenant !*
- *Très bien Aurélien. Nous y sommes. Notre aventure fut de courte durée. C'est certainement mieux ainsi.*

Théodore tira une profonde bouffé sur son cigare, comme pour se donner du courage.

- *Votre père était un de nos meilleurs ingénieurs. Le plus consciencieux en tout cas. Sans me lancer dans des explications techniques compliquées, je vous dirais seulement qu'il avait découvert une grave anomalie dans le béton utilisé pour la construction de notre viaduc. En bon petit soldat il ne s'en était confié qu'à moi. A moi uniquement. Il était d'une telle naïveté lui aussi. Il n'arrivait pas à comprendre que nos intérêts financiers ne supporteraient pas le poids d'un tel aveu. Je n'avais pas les moyens à cette époque de faire marche arrière. Stopper le chantier m'aurait ruiné. Un chien sans collier ne recule jamais Aurélien.*

Le jeune homme se rapprocha encore, son revolver distant de quelques centimètres de la tête du vieil homme. D'une voix plus calme et étranglée, Aurélien posa à nouveau sa question.

- *Que s'est-il passé Théodore?*
- *Je vais vous le dire. Laissez-moi s'il vous plait terminer l'histoire avec la septième symphonie de Beethoven. Une dernière fois.*

Théodore tapota sur l'écran face à lui et la musique se diffusa à nouveau dans la pièce. Il en augmenta le volume avant de répondre calmement en fixant de son regard fatigué le cigare fumant.

- *Je me souviens de la brume qui nous enveloppait ce matin là votre père et moi. Nous marchions seuls sur ce viaduc en chantier. Je me souviens de ses explications trop techniques. Je me souviens de ses leçons de morales. De ses menaces. Je n'ai jamais oublié la terreur qui brillait dans ses yeux lorsque j'ai lâché mon emprise sur l'encolure de son manteau. Juste avant de le pousser dans le vide, juste avant sa chute. Je n'avais pas d'autres choix. Je devais me débarrasser de lui.*

L'acier froid et brillant du canon de revolver se posa sur le front blanc du vieil homme. Le cliquetis du levier de sécurité déverrouillé résonna.

- *Vous ne tirerez pas. Vous en êtes incapable.*

La musique cessa. Silencieux, Aurélien intensifia la pression de l'arme posée sur la peau flétrie. Théodore, d'une main impassible, effleura son écran pour y faire apparaitre un large carré de couleur verte.

- *Je ne pense pas avoir de dettes envers vous Aurélien. Il s'agit plutôt d'une sorte de devoir pour moi. Sans le savoir réellement, ce sont des émotions que vous recherchez. Ces mêmes émotions qui font se sentir vivant, ou celles que nous procurent une mise à mort. Je vous les offre aujourd'hui. En échange, à vous de me délivrer.*

Son cigare presque totalement consumé, Théodore en tira une dernière bouffée. Les volutes effleurèrent doucement l'écran lumineux. De sa main tremblante, sans l'écraser, il le déposa sur les rebords du cendrier.

- *Vous n'avez pas le courage de tirer Aurélien, seulement l'envie. Je le sais depuis le début. Laissez-moi-vous y aider.*

Quelque part sur les hauteurs de Monaco, dans une demeure cossue et cachée, des yeux incrédules faisaient face à un regard déterminé.

Un doigt se resserra sur une détente trop résistante pour s'actionner.

Un autre se posa calmement sur un écran froid qui passa du vert au rouge.

Une décharge électrique se mit à parcourir instantanément le bras d'un jeune homme effaré.

Une larme glissa lentement sur la joue d'un vieil homme résolu.

Le reflex musculaire fut incontrôlable pour Aurélien, qui pressa la gâchette involontairement.

Décision imposée.

Coup de feu assourdissant tiré dans un flash de lumière orangée.

Epilogue

Un vieux percolateur fatigué vibrait dans le bar encore calme du centre de Soulignac. Seuls quelques habitués se trouvaient déjà attablés devant leur café du matin. Certains leur préféraient une bière ou un verre de blanc. Rituels immuables.

Tous ou presque se plongeaient dans la lecture du quotidien local, ne se préoccupant pas de ce que l'écran de télé pouvait diffuser. Cédric, lui, peu bavard de si bonne heure, prenait un plaisir certain à regarder les nouvelles du monde sur l'immense écran plat qu'il venait d'acquérir. Les yeux rivés sur les images des chaines d'information, il faisait danser son chiffon trop usé sur le zinc pourtant immaculé du bar.

« Comme nous vous l'annoncions en exclusivité dans notre édition de six heures, l'homme d'affaire Théodore Manalese à été retrouvé mort cette nuit dans sa propriété de Monaco. Peu connu du grand public ... »

Cédric, fier de son nouvel investissement, restait cependant frustré par le peu d'intérêt que ses clients portaient à son téléviseur dernière génération. Il pensait naïvement que cet achat créerait l'événement. C'est à peine si les plus habitués le félicitèrent, ce qui laissait à Cédric un gout amer.

« ... *il était pourtant le fondateur et actionnaire principal du groupe White Stone, multinationale connue principalement pour ses activité dans le BTP et les médias ...* »

Le chiffon s'immobilisa sur le comptoir propre.

Sous sa couette épaisse, Adèle sommeillait encore. Son écran de télé, programmé la veille, venait de s'allumer automatiquement.

Réveil des temps modernes.

« ... *l'entrepreneur et homme d'affaire âgé de 79 ans, souffrait depuis plusieurs mois d'une maladie incurable ...* »

De sa main maladroite, pas assez réveillée pour comprendre le sens de l'information, tâtonnant ses draps de soie, elle finit par retrouver la télécommande. D'un geste, elle fit taire la voix monotone du présentateur. Elle se rendormit aussitôt.

« ... *selon les premiers éléments de l'enquête, il aurait été abattu par un individu d'une trentaine d'année ...* »

Devant sa tasse de thé, déjà apprêtée, Christiane resta figée. Tartine de pain grillée dans une main, couteau couvert de beurre dans l'autre, elle se mit à pleurer face à son vieux poste de télévision.

« ... *inconnu jusqu'alors par les services de police. Selon des sources proches de l'enquête* ...»

Les yeux rivés sur l'écran de son Smartphone, réseaux sociaux dans les rétines, Jessica ne prêtait aucune attention à son téléviseur. Encore moins au récit du journaliste. Il n'était qu'un fond sonore, une présence du matin dans son salon vide.

« ... *le meurtrier présumé aurait prit la fuite après avoir commis son acte. Il n'est pour l'heure toujours pas identifié.* »

Lunettes noires masquant ses yeux verts, une jeune femme aux longs cheveux iceberg posa tendrement sa main sur celle d'un jeune homme assis pré d'elle.

Confortablement lovée dans le siège d'une voiture de sport, sans un mot, elle adressa un sourire au conducteur.

Comme une balle de revolver, quelque part sur une route italienne encore déserte, un bolide blanc perçait la brume du matin.